Fazer amor

Jean-Philippe Toussaint

Fazer amor

tradução:
Ana Ban

Copyright © 2002 by Les Éditions de Minuit
Copyright da tradução © 2005 by Editora Globo S.A.

Todos os direitos reservados. Nenhuma parte desta edição pode ser utilizada ou reproduzida – em qualquer meio ou forma, seja mecânico ou eletrônico, fotocópia, gravação etc. – nem apropriada ou estocada em sistema de bancos de dados, sem a expressa autorização da editora.

Título original:
Faire L'amour

Revisão: Denise Lotito, Agnaldo S. Holanda Lopes
e Maria Sylvia Corrêa
Capa: Fernanda Ficher,
sobre foto de Jean-Philippe Toussaint

Dados Internacionais de Catalogação na Publicação (CIP)
(Câmara Brasileira do Livro, SP, Brasil)

Toussaint, Jean-Philippe
  Fazer amor / Jean-Philippe Toussaint ; tradução Ana Ban. – São Paulo : Globo, 2005.

  Título original: Faire l'amour
  ISBN 85-250-3946-2

  1. Romance francês I. Título

04-7248   CDD-843

Índice para catálogo sistemático:
1. Romances : Literatura francesa 843

Direitos de edição em língua portuguesa para o Brasil
adquiridos por Editora Globo S. A.
Av. Jaguaré, 1485 – 05346-902 – São Paulo – SP
www.globolivros.com.br

Inverno

I

Tinha mandado encher um frasco com ácido clorídrico e o carregava sempre comigo, achando que um dia o jogaria na cara de alguém. Bastaria abrir o frasco, que era de vidro escuro e parecia conter água oxigenada, olhar nos olhos e sair correndo. Eu me sentia curiosamente calmo depois de tocar o frasco de líquido amarelado e corrosivo, que apimentava minhas horas e aguçava meus pensamentos. Mas Marie ficava imaginando, com preocupação possivelmente justificada, se não seria nos meus próprios olhos, no meu próprio olhar, que aquele ácido terminaria. Ou então na cara dela, em seu rosto coberto de lágrimas já havia tantas semanas. Não, acho que não, dizia a ela com um sorriso simpático de negação. Não, acho que não, Marie, e, com a mão, sem tirar os olhos dela, eu acariciava bem de leve o volume do frasco no bolso do paletó.

Mesmo antes de nos beijarmos pela primeira vez, Marie já tinha começado a chorar. Tinha sido em um táxi, havia mais de sete anos, ela estava sentada ao meu lado, com o rosto coberto de lágrimas, na penumbra do veículo que atravessava as sombras fugidias das margens do Sena e os reflexos amarelos e brancos dos carros com que cruzávamos. Àquela altura, ainda não nos tínhamos beijado, eu ainda não tinha pegado na mão dela, não lhe tinha feito a mínima declaração de amor — mas será que algum dia eu já lhe fiz alguma declaração de amor? —, e fiquei lá olhando para ela, comovido, desamparado, por vê-la chorar daquele jeito ali ao meu lado.

A mesma cena se reproduziu em Tóquio, há algumas semanas, mas dessa vez nos separaríamos para sempre. Não dizíamos nada naquele táxi que nos conduzia ao grande hotel de Shinjuku, aonde tínhamos chegado naquela manhã mesmo, e Marie chorava em silêncio ao meu lado, fungava e soluçava bem de levinho, apoiada no meu ombro, enxugando as lágrimas com gestos exagerados com as costas das mãos, pesadas lágrimas de tristeza que a enfeavam e faziam com que a maquiagem de seus cílios escorresse, ao passo que sete anos antes, quando nos encontramos pela primeira vez, as lágrimas tinham sido de pura alegria, leves como espuma que escorriam sobre suas bochechas parecendo não sofrer o efeito da gravidade. O táxi estava abafado, e Marie sentia muito calor, passava mal, e acabou por tirar o sobretudo de couro preto, com dificuldade, contorcendo-se ao meu lado sobre o banco traseiro do táxi, fazendo careta e com ar de quem me odiava; e eu, claramente, não estava nem aí, merda, se estava tão quente assim dentro do táxi, ela que reclamasse ao motorista, o nome e a foto de identificação dele estavam sobre o painel. Ela me empurrou para acomodar o casaco entre nós dois, no banco, tirou o suéter, que enrolou como uma bola a seu lado. Tinha ficado só com uma camisa branca desengonçada e amarrotada que se abria sobre seu sutiã preto e saía um pouco da calça. Não dizíamos nada dentro do táxi, e o rádio transmitia, sem parar, na penumbra, canções japonesas enigmáticas e alegres.

O táxi nos deixou na entrada do hotel. Em Paris, sete anos antes, eu tinha proposto a Marie que fôssemos beber alguma coisa em algum lugar que ainda estivesse aberto na Bastille, ou na rue de Lappe, ou na rue de la Roquette, ou na rue Amelot, ou na rue de Pas-de-la-Mule, não lembro mais. Tínhamos caminhado muito tempo naquela noite, vagando de café em café, de rua em rua, para chegar ao Sena e à ilha Saint-Louis. Não tínhamos nos beijado de imediato naquela noite. Não, não tinha sido imediatamente, não mesmo. Mas quem é que não gosta de prolongar aquele momento delicioso que precede o primeiro beijo, quando dois seres que sentem um pelo outro qualquer inclinação amorosa já decidiram que vão se beijar, os olhos sabem, o sorriso adivinha, os lábios e as mãos pressentem, mas continuam adiando o momento de tocar a boca na outra boca com afeição pela primeira vez?

Em Tóquio, subimos diretamente para o quarto, sem trocar uma única palavra, atravessamos o grande hall de entrada deserto com lustres de cristal iluminados, um trio de lustres deslumbrantes dispostos como que se observando uns aos outros e que balançavam suavemente sob nosso olhar no exato momento em que retornamos ao hotel, os lustres tinham começado a balançar sozinhos, como sinos de catedral, sacudindo-se lentamente enquanto passávamos, com um tilintar de vidro e de cristal que acompanhou o rangido irresistível do desespero da matéria que fez o chão tremer e as paredes vibrarem. Depois que a onda passou, a luz vacilou no teto, mergulhando o hotel por um instante na escuridão; os lustres, ainda em movimento, se reacenderam cada um a seu tempo no hall e voltaram a seu lugar no leve estremecimento combinado de milhares de laminazinhas de vidro transparente que iam reencontrando pouco a pouco a imobilidade. A recepção do hotel estava deserta, o elevador, deserto, subia lentamente pela nave central do átrio, e nós estávamos em silêncio dentro da cabine transparente, lado a lado, Marie em prantos, com o sobretudo de couro preto e o suéter em um braço, observando os lustres que não terminavam de se estabilizar no final daquele abalo sísmico de magnitude tão ínfima que eu me perguntei se ele não tinha se produzido apenas em nosso coração. O corredor do andar estava em silêncio, era interminável, carpete bege, bandeja de serviço de quarto abandonada na frente de uma porta com vestígios esparsos de uma refeição, um guardanapo jogado atravessado em cima de um prato sujo. Marie caminhava na minha frente, as costas curvadas, os braços sem forças, deixando uma mão se arrastar atrás dela pelas paredes do corredor. Eu me juntei a ela junto à porta e introduzi o cartão magnético na fechadura para entrar no quarto. E, mais uma vez, naquelas duas noites, em Paris e em Tóquio, faríamos amor, a primeira vez, pela primeira vez — e a última, pela última.

Mas quantas vezes fizemos amor, juntos, pela última vez? Não sei, várias. Várias... Fechei a porta atrás de mim e vi Marie avançar pelo quarto, titubeante de tanto cansaço, o sobretudo de couro preto e o suéter em um braço, a camisa branca saindo da calça — era esse o detalhe em que eu reparava e que ficou me incomodando até ela tirar a camisa, e aí não haveria mais nada além de seu rosto bem apertado entre as minhas mãos, suas têmporas quentes entre minhas palmas recurvadas —, Marie caindo de sono no quarto e chorando suas lágrimas insaciáveis em câmera lenta, e eu desejando que nós fôssemos, mesmo assim, acabar fazendo amor naquela noite, e que seria dilacerante. Nenhum de nós ainda tinha se dado o trabalho de acender a luz do quarto, nem a do teto nem a de cabeceira e, através da enorme janela de vidro, víamos ao longe o bairro administrativo de Shinjuku iluminado no meio da noite, e, bem pertinho de nós, quase irreconhecível devido à proximidade que deformava suas proporções, a lateral esquerda da monumental prefeitura de Kenzo Tange. Num nível mais baixo, a alguns metros da janela, aparecia a sombra de um telhado plano, em forma de terraço, coberto pelos fachos de luz fortes dos luminosos verticais em neon que piscavam imperturbáveis no meio da noite, como balizas aéreas, com reflexos intermitentes e dilatados, avermelhados, negros e arroxeados, que penetravam no quarto e cobriam as paredes com um halo de claridade vermelha indecisa, fazendo brilhar sobre o rosto de Marie suas lágrimas infravermelhas puras, translúcidas e abstratas. Ela tinha avançado até a janela envidraçada, com olhos que eu podia perceber úmidos na penumbra; a brancura imaculada da camisa que ela tinha deixado entreabrir parecia ser irradiada, em intervalos regulares, por uma cobertura daquela claridade sanguínea indescritível que cobria os espasmos regulares dos luminosos em néon que piscavam à nossa frente, sobre os telhados. Eu me juntei a ela na janela, ficamos observando juntos por um instante o aglomerado denso de arranha-céus e de prédios de escritórios que se apresentava à nossa frente no meio da escuridão, esparsos e majestosos. Cada um deles, do alto de seus andares, parecia cuidar pessoalmente de seu próprio perímetro administrativo de silêncio e de noite, enquanto meu olhar ia lentamente de um ao outro, Shinjuku Sumitomo Building, Shinjuku Mitsui Building, Shinjuku Center Building, Keio Plaza Hotel. Por que você não quer me beijar? Marie então perguntou em voz baixa, o olhar fixo, ao longe, com um traço de teimosia no rosto. Continuei a olhar para a rua sem responder. Depois de um instante, com a voz neutra, surpreendentemente calma, respondi que nunca tinha dito que não queria beijá-la. Então, por que você não me beija? disse ela, aproximando-se de mim para me pegar pelo ombro. Eu me retesei, retirando a mão dela com o máximo de gentileza possível, e voltei a observar fixamente a paisagem urbana noturna. Respondi com a mesma voz calma, quase atonal, como se estivesse apenas fazendo uma constatação: Eu também nunca disse que queria beijar você. (Já é tarde demais, Marie, agora já é tarde demais.) Ela ficou me observando longamente à frente da janela. Vamos dormir, Marie, eu disse a ela, é tarde, e vi um longo arrepio percorrendo-lhe a coluna, de cansaço e irritação. Tive vontade de completar com alguma coisa, mas não disse nada, me afastei e coloquei a mão no antebraço dela com gentileza, e ela puxou o braço com violência. Você não me ama mais, disse ela.

Sete anos antes, ela tinha me explicado que jamais sentira algo assim por outra pessoa, tanta emoção, uma onda tal de melancolia doce e quente que a invadira ao me ver fazer aquele gesto assim tão simples, tão aparentemente anódino, de aproximar meu copo muito lentamente do dela durante o jantar, com muita prudência, e, ao mesmo tempo, de maneira totalmente inconveniente para duas pessoas que mal se conheciam, que só tinham se encontrado uma vez antes daquela; de colocar meu copo pertinho do dela, para acariciar o bojo do copo dela, inclina-lo para tocá-lo levemente em uma simulação de brinde tão picotado quanto interrompido. Teria sido impossível ser ao mesmo tempo mais sedutor, mais delicado e mais explícito, ela tinha explicado, um concentrado de inteligência, de gentileza e de estilo. Ela sorrira para mim, logo em seguida confessara que tinha se apaixonado por mim a partir daquele instante. Portanto não foi por meio de palavras que eu tinha conseguido transmitir a ela aquele sentimento de beleza da vida e de adequação ao mundo que ela sentira com tanta intensidade à minha presença, nem com meus olhares nem com minhas ações, mas sim por meio da elegância daquele gesto tão simples que dirigi lentamente a ela com tal delicadeza metafórica que fez com que ela de repente passasse a concordar com o mundo a ponto de me dizer, algumas horas mais tarde, com a mesma audácia, a mesma espontaneidade ingênua e corajosa, que a vida era bela, meu amor.

Marie tirou a camisa, deixou-a cair a seus pés na frente da janela do quarto de hotel e, de costas nuas, vestindo apenas o frágil sutiã preto de renda de que eu tanto gostava, foi acender o abajur perto da cama. E foi só então que me dei conta da desordem que tínhamos deixado no quarto antes de sair para jantar, dezenas de malas abertas em cima do carpete, repousando sob a leve iluminação filtrada do abajur de cabeceira, quase cento e quarenta quilos de bagagem que Marie havia despachado havia dois dias no aeroporto de Roissy, com um excedente de oitenta quilos que ela aceitara sem pestanejar e que pagara ali na hora, no balcão da companhia aérea; esparramadas pelo quarto, oito valises metálicas abarrotadas e quatro malas idênticas que continham uma seleção de vestidos de sua última coleção, além de uma série de baús enfileirados, metade de vime, metade de aço, concebidos especialmente para o transporte de obras de arte e que abrigavam as peças de vestuário experimentais de titânio e de Kevlar que ela criara para uma exposição de arte contemporânea que deveria inaugurar no fim de semana seguinte no Contemporary Art Space de Shinagawa. Marie era ao mesmo tempo estilista e artista plástica, tinha criado sua própria marca, Allons-y Allons-o, em Tóquio, havia alguns anos. Eu a observava, ela se deixou cair de bruços sobre a cama no meio dos vestidos que se amarfanhavam sob o peso de seu corpo e pendiam para o chão em cascatas preguiçosas de tecido caído, e ela chorava, meu amor, o rosto enfiado em um babado de vestido que se confundia com seus cabelos. O pai dela tinha morrido havia alguns meses, e uma grande quantidade de lágrimas se misturava agora em seu coração, que corriam havia semanas nos corredores tumultuados de nossa vida, lágrimas de tristeza e de amor, de luto e de surpresa. Em volta dela, todos aqueles vestidos pareciam fazer uma encenação no quarto, rígidos e imóveis dentro de seus invólucros translúcidos, enfeitados, altivos, decotados, sedutores e doloridos, bordôs, encarnados, pendurados nos batentes dos armários ou em cabides fortuitos, alinhados sobre os dois apoios de mala que ela tinha disposto no quarto de hotel como se fossem um palco de teatro improvisado, ou simplesmente colocados com cuidado sobre cadeiras, sobre os braços de poltronas. Eu pensava em todos aqueles vestidos desencarnados com reflexos de chamas e de trevas que pareciam rodear seu corpo seminu e, que pena, eu também — pena demais àquela altura, afetado pelo fuso horário —, eu pensava no frasco de ácido clorídrico que estava guardado no meu *nécessaire* de viagem.

Quando fiz as malas, fiquei pensando em qual seria a melhor maneira de levar aquele frasco de ácido clorídrico para o Japão. Naturalmente, estava fora de questão carregá-lo comigo durante a viagem, teria sido descoberto no embarque ou na alfândega, e eu seria incapaz de explicar sua origem e sua procedência, sua natureza e o uso que eu queria fazer dele. Por outro lado, tinha medo de colocar na mala, correndo o risco de o frasco se quebrar e o ácido derramar bem no meio das minhas roupas. No fim das contas, sem tomar qualquer outra precaução especial — sua aparência neutra de frasco de água oxigenada era sem dúvida seu melhor disfarce —, enfiei o volume em um dos três compartimentos laterais acolchoados do meu *nécessaire* de viagem, cada um deles delimitado por uma pequena tira de couro removível, entre um vidrinho de perfume e um pacote de lâminas de barbear. Meu *nécessaire* de viagem já tinha abrigado muitas vezes objetos bizarros, pasta de dente e cortador de unhas, mel e temperos, dinheiro vivo em envelopes de papel pardo, sem contar diversos jogos de filmes fotográficos sem revelar, rolinhos compactos pintados de preto e azul de Ilford FP4, preto, e verde de Ilford HP5, o que era preciso retirar mais ou menos clandestinamente de um país ou de outro. Mas foi assim, sem chamar a atenção de ninguém, que o frasco de ácido viajou de Paris a Tóquio.

* * *

No mesmo dia que Marie tinha me convidado a acompanhá-la ao Japão, compreendi que ela estava pronta para queimar nossas últimas reservas amorosas naquele périplo. Não teria sido mais fácil, se íamos mesmo nos separar, aproveitar a viagem programada havia tanto tempo para tomar um pouco de distância um do outro? Será que a melhor solução era mesmo viajarmos juntos, se era para romper? De certa maneira, sim, porque do mesmo modo que a proximidade acabava conosco, a distância poderia nos ter reaproximado. De fato estávamos tão frágeis e desorientados afetivamente que a ausência do outro era sem dúvida a única coisa que talvez pudesse fazer com que nos reaproximássemos, ao mesmo tempo em que a presença lado a lado não poderia fazer nada além de acelerar o afastamento em curso e selar nossa ruptura. Se Marie tinha ou não a consciência de que, ao me convidar a acompanhá-la a Tóquio, ela tinha a intenção explícita de terminar com tudo, eu não faço a mínima idéia, e acho que não foi mesmo isso. Por outro lado, suspeitava que ela alimentasse pelo menos duas idéias bem dissimuladas, ligeiramente perversas, ao me propor que a acompanhasse ao Japão: primeiro, por ter achado que eu não poderia aceitar o convite (por diversas razões, mas sobretudo por causa de uma de que não quero falar), mas principalmente por ter uma boa noção a respeito da posição que cada um de nós assumiria durante aquela viagem, ela cheia de honras, de reuniões e de trabalho, rodeada por toda uma corte de colaboradores, anfitriões e assistentes, e eu sem lugar, à sombra dela — resumindo, seu acompanhante, seu cortejo e sua escolta.

Erguendo a cabeça bem de levinho, Marie se remexeu de maneira preguiçosa sobre a massa de vestidos em movimento, que ondulavam e eram amassados sob o peso do corpo desnudo dela e, com voz suave e ligeiramente sonolenta, pediu que eu lhe desse algo para beber, água ou champanhe. Nada além disso, água ou champanhe, ela sempre teve gostos de deliciosa simplicidade, meu amor; a primeira vez que passamos a noite juntos, quando me levantei para ir preparar o café-da-manhã e perguntei se ela queria chá ou café, depois de longa hesitação, com um muxoxo mal-humorado, respondeu os dois. Marie tinha tirado os sapatos e estava só com a calça preta, bem folgada, e tinha aberto o primeiro botão, que deixava ver a calcinha preta transparente. Seus olhos estavam fechados, mas não o bastante, parecia, não estavam suficientemente selados e isolados do mundo, a luz devia estar incomodando, porque ela esticou o braço na direção da mesa de cabeceira, tateando a superfície, para procurar os óculos de seda lilás da Japan Airlines que tínhamos recebido no avião para nos proteger da luz. Sem abrir os olhos, ajustou os óculos de pano sobre o rosto, logo se deixou cair de costas sobre a cama, conferindo então a seu perfil um ar de estrela de cinema enigmática, uma figura derrotada e ofeliana sobre o leito mortuário de tecidos sedutores e de cores de cinzas, as costas enterradas na emoliente maciez aquática de um de seus vestidos amarrotados, de sutiã preto com uma alça caída por sobre a metade do braço e a calça bem aberta por cima da calcinha transparente, o par de óculos de seda lilás da Japan Airlines envolvendo-lhe o rosto com negligência.

Atrás da janela do quarto, os luminosos de neon continuavam a rasgar a noite em longas radiações avermelhadas intermitentes, que penetravam no quarto e se misturavam à luz pálida dourada do abajur de cabeceira. Peguei uma taça de champanhe, enchi até a boca com água mineral e fui me juntar a Marie na cama, arrumando um lugar para mim no meio da desordem de penhoares e vestidos que cobriam os lençóis. Quando me sentei ao lado dela, meu olhar repousou sobre o fecho da calça que agora deixava aparecer quase toda a calcinha transparente, atrás da qual dava para distinguir a massa densa e escura dos pêlos púbicos dela. Sentindo minha presença ao seu lado, Marie levantou um braço preguiçoso e tirou a taça das minhas mãos, que imediatamente levou aos lábios para beber um gole de água sem tirar os óculos de seda; depois se deitou lentamente de costas, com a taça na mão, a água escorrendo no encontro de seus lábios, em uma profusão de pequenas bolhas tremelicantes e depois, como ela não parou de beber, a água começou a escorrer-lhe como uma fonte pelas bochechas, pelo queixo, pelo pescoço e pela clavícula. Quando terminou de beber, esticou o braço para longe, para fora da cama, para pousar a taça, que caiu de ponta cabeça sobre o carpete. Sem transição, com um gesto autoritário, seguro e preciso, agarrou a minha mão e a enfiou dentro da calcinha, apertando as coxas contra sua presa. E, passada a primeira surpresa, passado o primeiro susto, senti de repente, sob a pele do dedo, o contato ligeiramente elétrico, eminentemente vivaz, móvel e úmido, do interior do sexo dela.

Era uma vontade imemorial e instintiva, que eu via crescer e se alimentar em mim pelo simples desencadeamento dos gestos do amor que nós acumulávamos. Marie ergueu a bacia para me ajudar a tirar a calça dela e eu beijei seu ventre nu demoradamente, em volta do umbigo, logo acima da costura invisível da calcinha, que marcava uma fronteira de tecido entre a pele dela muito branca e a *Lycra* leve preta e transparente da roupa de baixo. Depois, esticou a mão para me ajudar a baixar a calcinha pelo lado, ainda erguida para tirá-la de vez, e então foi parando progressivamente de se mexer e de se agitar — sua impaciência se calou. Ficou deitada de costas sobre a cama, a nuca mergulhada em uma almofada, os óculos de seda lilás da Japan Airlines sobre os olhos, com uma espécie de relaxamento nos traços do rosto depois que a minha língua se enfiou no seu sexo; ela gemeu com muita suavidade, calma, simplesmente acompanhando os movimentos da minha língua e erguendo a bacia no mesmo ritmo, de modo quase imperceptível.

Bem devagar, percorri todo o corpo dela com a boca, demorando-me sobre o ventre e os seios, ultrapassando a fina fronteira de renda do sutiã preto que continuava preso nas costas, mas cujas alças eu já tinha abaixado com muita precaução, de modo que os seios, libertados do corselete de renda, caíram nas minhas mãos e se moviam bem relaxados entre os meus dedos. Pouco a pouco, fui subindo na direção de seu rosto, a palma das minhas mãos escorregando sobre o peito e os ombros nus. Instintivamente, minha boca foi atraída como que por um ímã à boca e aos chamados dos beijos dela, mas, no exato momento em que eu ia repousar meus lábios sobre os dela, vi que a boca dela estava fechada, determinada e constrita em uma angústia muda, lábios apertados que definitivamente não estavam à espera da minha boca, crispados em busca de um prazer exclusivamente sexual. E foi então que, ao ficar imóvel e reposicionar minha cabeça sobre seu rosto de que os olhos tapados roubavam a expressão, vi aparecer muito lentamente uma lágrima da fina barra preta dos óculos de seda lilás da Japan Airlines, uma lágrima imóvel, que mal tinha acabado de se formar, que tremia tragicamente ali em seu lugar, indecisa, incapaz de deslizar e de escorrer pela bochecha, uma lágrima que, por estar tremendo na fronteira do tecido, terminou por explodir sobre a pele da bochecha em um silêncio que ressoou na minha alma como uma deflagração.

Eu poderia ter bebido aquela lágrima ali mesmo na bochecha dela, poderia ter me deixado cair sobre seu rosto e a ter recolhido com a língua. Poderia ter me jogado em cima dela para beijar suas bochechas, seu rosto e suas têmporas, arrancar os óculos de tecido e olhá-la nos olhos, nem que fosse por um só instante, trocar um olhar e nos compreendermos, comungar com ela naquela angústia que a exacerbação de nossos sentidos aguçava; eu poderia ter forçado os lábios dela com a língua para comprovar o ardor do ímpeto indomável que me conduzia a ela, e nós sem dúvida nos teríamos perdido, no suor, inconscientes de nós mesmos, em um abraço molhado, salgado, melado, de beijos, de transpiração, de saliva e de lágrimas. Mas eu não fiz nada, não a beijei, não a beijei nenhuma vez naquela noite, não fui mesmo capaz de expressar meus sentimentos. Fiquei observando a lágrima se dissipar sobre sua bochecha, e fechei os olhos — pensando que talvez, de fato, eu não a amasse mais.

Era tarde, talvez mais de três horas da manhã, e fazíamos amor, fazíamos amor lentamente na escuridão do quarto atravessada ainda por longos feixes de claridades vermelhas e de sombras negras, que deixavam sobre as paredes vestígios fugidios de sua passagem. O rosto de Marie, inclinado na penumbra, os cabelos desarranjados no tumulto de lençóis desarrumados, com os penhoares e os vestidos amarfanhados à nossa volta, parecia alheio de nosso abraço, largado em cima da beirada de uma almofada, os lábios apertados, que não abandonavam a terrível expressão de angústia grave e muda que eu conhecia tão bem nela. Nua nos meus braços, quente e frágil na cama daquele quarto de hotel em cujo teto passavam filamentos fugazes de claridade de neon vermelho, eu a ouvia gemer no escuro à medida que eu me mexia dentro dela, mas não sentia absolutamente suas mãos no meu corpo, seus braços enlaçados ao redor dos meus ombros. Não, era como se ela tomasse um cuidado extremo para evitar qualquer contato supérfluo com minha pele, qualquer toque inútil, toda junção de nosso corpo que não tivesse finalidade sexual. Porque parecia que só o sexo dela participava de nosso abraço, o sexo quente dela que eu tinha penetrado e que se movia de maneira quase autônoma, desagradável e aborrecida, ávida, apesar de ela apertar as pernas para prender meu membro na pressão de suas coxas e se esfregar loucamente contra o meu púbis, em busca de um gozo que eu a sentia cada vez mais próxima de conquistar de maneira cada vez mais agressiva. Eu tinha a impressão de que ela estava se aproveitando do meu corpo para se masturbar, esfregando-se em mim para se perder na busca de um gozo deletério, incandescente e solitário, doloroso como uma longa queimadura e trágico como o fogo da ruptura que consumávamos naquele momento, e sem dúvida era o mesmo sentimento que ela devia ter em relação a mim, porque, eu também — a partir do momento em que nosso esfrega-esfrega tinha se transformado naquela luta de dois gozos paralelos, não mais convergentes, mas opostos, antagônicos, como se estivéssemos disputando o prazer em vez de compartilhá-lo — acabei me concentrando como ela na busca do prazer puramente onanista. E, durante a extensão do abraço, à medida que o prazer sexual nos corroía como ácido, eu sentia crescer a terrível violência subjacente daquele ato.

Sem dúvida, é provável que, se tivéssemos gozado naquele momento, poderíamos ter acalmado nossos sentidos febris por causa da tensão nervosa e do cansaço excessivo acumulado desde o começo da viagem e ter dormido como pedras, abraçados sobre a enorme cama desfeita. Mas o desejo não parava de crescer, o gozo nos conquistava, e, com os lábios fechados, gemendo nos braços um do outro, continuávamos a nos amar na escuridão daquele quarto de hotel, quando de repente ouvi um estalo minúsculo atrás de mim, e, ao mesmo tempo, a penumbra do quarto foi invadida por uma claridade azulada de aquário, silenciosa e inquietante. Sem a mínima intervenção exterior, e em um silêncio surpreendente, na mesma medida em que nada lhe precedera e nada se seguiria a ele, a televisão ligou sozinha no quarto. Nenhum programa tinha começado, nenhuma música nem nenhum som saía do receptor, somente uma imagem fixa e enevoada que mostrava na tela uma mensagem sobre fundo azul em um chuvisco eletrônico contínuo. *You have a fax. Please contact the central desk.* Marie, com os olhos envolvidos por seus óculos de seda, não tinha percebido nada daquela interrupção e continuava a se mexer nos meus braços na penumbra azulada do quarto. Mas, apesar da intensidade afogueada do meu desejo, aquele incidente me aniquilou, e, fixando com estupidez o olhar na mensagem silenciosa sobre a tela, fui incapaz de prosseguir por um instante que fosse com nossos movimentos. Resfolegante e todo suado, eu me interrompi, e, depois de ficar imóvel por um instante, apoiado no corpo dela, retirei-me de dentro dela e disse em voz baixa, a coisa mais absurda do mundo, que tinha recebido um fax. Um fax? Acho que ela nem escutou minha frase, ou não a compreendeu; em todo caso não procurou compreender, tanto que tomou minha interrupção como agressão, como vontade deliberada de privá-la de seu prazer, de roubar-lhe seu gozo. Deitada de costas sobre a cama, ela terminou por explodir silenciosamente em soluços, com lágrimas que escapavam de todas as partes sob as frestas de seus óculos de seda, não somente por baixo, escorrendo naturalmente sobre as maçãs do rosto e as bochechas, mas também para cima, indo se misturar às gotículas de transpiração acumuladas na linha do cabelo. Eu quis dizer alguma coisa, explicar, pegar no braço dela para acalmá-la, acariciar sua bochecha, mas minhas iniciativas de consolá-la só faziam deixá-la mais eriçada, o simples contato das minhas mãos sobre a pele dela lhe causava horror. Tomada por convulsões sobre a cama, ela me expulsou com os pés e com as mãos, berrando para que eu desse o fora. Você me dá nojo, ela repetia, você me dá nojo.

Em pé no banheiro, eu observava minha silhueta desnuda na penumbra do espelho. Não tinha acendido a luz ao entrar ali, e duas fontes de claridade contraditórias vinham disputar a escuridão relativa dos espaços, a claridade azulada da tela do televisor que continuava a brilhar no quarto adjacente de onde eu ouvia Marie soluçar levemente nos lençóis, e o fino feixe dourado da lâmpada no chão do armário de pendurar roupas que se acendera automaticamente quando eu passei pelo corredor. Eu mal distinguia os contornos do meu rosto no grande espelho de parede colocado em cima da pia. A banheira, atrás de mim, refletia-se na penumbra, um roupão jogado sobre uma das bordas, várias toalhas pelo chão, outras, intocadas, ainda dobradas ao meio sobre seus suportes prateados. Em cima da bancada da pia, ao lado dos inúmeros produtos de beleza de Marie, potes e tubos, pós, batons, lápis, *blushs*, tubos de rímel, destacava-se meu *nécessaire* de viagem, que eu tinha acabado de abrir alguns instantes antes. Do meu rosto no escuro só aparecia o olhar, meus olhos fixos e intensos que me observavam. Eu me olhava no espelho e pensava no auto-retrato de Robert Mapplethorpe, em que, do negro das trevas de profundezas tanatísticas do fundo da foto só emergia, em primeiro plano, uma bengala de madeira de lei, com uma empunhadura minúscula de marfim esculpido, em forma de busto mortuário, em que, no mesmo plano, com a mesma profundidade de foco perfeita, respondia como em um eco o rosto do fotógrafo que um véu mortuário já havia coberto. Seu olhar, no entanto, tinha uma expressão de calma e de desafio sereno. Em pé na escuridão do banheiro, eu estava nu na frente de mim mesmo, com um frasco de ácido clorídrico na mão.

E, pouco a pouco, a ameaça se definiu.

Atrás de mim, a porta do banheiro tinha ficado aberta, e, na sombra, dava para distinguir as divisórias deslizantes do armário e a parte do corredor que conduzia ao quarto. Marie devia ter caído no sono, o corpo nu atravessado sobre a cama, os olhos envolvidos por sua venda úmida de lágrimas sob a luz azulada pálida da tela do televisor que continuava ligado. Eu visualizava muito bem o percurso que me separava do quarto, os poucos passos pelo corredor necessários para vencer a extensão do armário, depois a curva da parede e a chegada ao quarto, as caixas de madeira desordenadas jogadas no chão, as malas abertas e o cortejo imóvel dos vestidos de coleção pretos e arrastados que tinham assumido formas humanas na penumbra e caíam torcidos, suplicantes, como cataratas dos apoios de mala, tendo ao longe, em perspectiva, a grande janela envidraçada que dava vista para Tóquio. Não se ouvia o mínimo barulho no quarto, nem respiração nem soluços, nenhum estalo. Eu não ouvia nenhum barulho, e fiquei com medo... Fazia muitas horas que não dormíamos, nem um nem o outro, tantas horas que nossos pontos de referência temporais e espaciais se diluíram na falta de sono, a perturbação dos sentimentos e o desajuste dos sentidos. Àquela altura já deviam ser mais de três horas da manhã em Tóquio, e tínhamos chegado ao Japão naquela mesma manhã, por volta das oito horas, horário japonês, depois de uma curta manhã em Paris antes da partida e mais uma longa noite no avião, onde tínhamos cochilado apenas uma ou duas horas. Fazia portanto quase quarenta e oito horas que não dormíamos, ou somente trinta e seis horas, tanto faz; eu me lançava a cálculos complicados e aleatórios para fixar meus pensamentos em um assunto objetivo qualquer e não me deixar submergir pela onda de violência que sentia crescer dentro de mim. Teria adorado beijar Marie para consolá-la, abraçá-la suavemente e, com a força imperiosa das confissões que não se faz, ou somente em pensamentos, no íntimo, dizer-lhe que eu a amava, que sempre a amara, que era preciso dormir, que deveríamos dormir, que apenas o sono poderia nos acalmar naquele momento. É tão tarde, Marie, durma, é tão tarde, eu dizia a ela, e peguei a mão dela com carinho. Ela se sobressaltou então, bruscamente, como se tivesse acordado assustada. Sai daqui, ela repetiu em voz baixa, soltando a mão e me empurrando para longe com o braço. Sai daqui, me deixa dormir, repetiu. E de repente só vi números 3 sob meus olhos, três 3 que apareceram no meu campo de visão, 3:33 a.m. que vi piscar bruscamente na minha frente no visor do rádio-relógio; três 3 em números vermelhos de cristal líquido delicadamente pontilhados que olhavam para mim fixamente na penumbra, a partir do criado mudo. Mas onde é que eu estava? E o que era aquela penumbra arroxeada que atravessava as longas faíscas daquele feixe de desgraça com reflexos negros e vermelhos? Será que eu tinha voltado para o quarto? Estava sentado ao lado dela, o frasco de ácido clorídrico aberto na mão. E era aquilo que fedia, o cheio acre do ácido.

Fechei a porta do quarto atrás de mim e me vi sozinho no corredor deserto do décimo sexto andar. Nenhum barulho no andar, somente o ronronar do ar-condicionado e, talvez, ao longe, um apito de caldeira atrás de uma porta de serviço. Tinha colocado uma calça e uma camiseta na pressa de sair do quarto, e estava sem meias, calçava apenas um par de pantufas brancas de espuma do hotel. Na leve confusão mental em que eu me encontrava, devo ter pegado a direção errada, porque me pareceu ter dado a volta no andar diversas vezes antes de conseguir chegar ao *hall* principal. Lá, apertei todos os botões ao mesmo tempo para chamar os elevadores e, depois de um momento, vi um visor luminoso cor de laranja se acender combinado com um sinal sonoro, que ressoou de modo breve e agudo sobre o *hall* deserto para avisar da chegada iminente de uma cabine. As portas do elevador se abriram à minha frente. Entrei automaticamente na cabine, apertei por acaso o botão do último andar. A cabine subia em silêncio, e eu não me mexia, ouvia meu coração bater, sentia um formigar nas têmporas.

Diversas imagens de pesadelo me assombravam, fragmentos de visões recentes que surgiam nos clarões fugidios de minha consciência, esplendores alucinantes que se despedaçavam nas ofuscações de vermelho e de sombras negras: eu nu nas trevas do banheiro, jogando o ácido clorídrico com toda a força na superfície do espelho para não ver mais o meu olhar; ou eu mesmo, mais calmo e bem mais desconcertante, o frasco de ácido clorídrico na mão, observando o corpo desnudo de Marie estendido sobre a cama na penumbra azulada do quarto, as pernas e o sexo nus na minha frente, a cabeça envolta pelos óculos de seda, a respiração delicada de seu peito adormecido, eu que lutava internamente, e que, com um movimento amplo e um berro, dando-lhe as costas, borrifei as janelas envidraçadas do quarto com um jato de ácido que fervilhou sobre o vidro e rugiu e fumegou em volta da cratera criada, formando uma meleca viscosa de vidro derretido e distendido que escorria sobre a vidraça em longos rastros xaroposos e enegrecidos.

Chegando ao vigésimo sétimo andar do hotel, chutei várias portas fechadas, saídas bloqueadas. A iluminação tinha sido desligada naquele andar devido ao horário, no escuro só sobravam os sinalizadores verdes fluorescentes das saídas de emergência que brilhavam em caixas transparentes, EXIT, EXIT, EXIT. Ouvi as portas do elevador se fecharem atrás de mim. Saí caminhando para a esquerda, em um corredor muito escuro, salpicado de luzinhas com reflexos esbranquiçados, que davam um ar lunar e fantasmagórico ao lugar. Cheguei ao final do corredor e dei de cara com uma porta dupla de vidro com batente dourado, cheio de brasões náuticos e de uma placa azulada onde se lia *Health Club* em letras de neon apagado. A porta resistiu quando tentei abri-la, mas, examinando melhor o batente, percebi que as duas trancas que a fechavam, uma em cima com a lingüeta em meia-lua que se prendia a uma trava e a outra, em baixo, tinham sido instaladas por fora, e não por dentro. Só precisava, portanto, fazer as duas lingüetas deslizarem para fora das trancas para entreabrir a porta e me esgueirar lá para dentro. Virando-me para trás com medo de ser surpreendido por alguém que tivesse notado algo de anormal no andar, atravessei uma recepção deserta e entrei sem fazer barulho em uma sala de ginástica deserta, onde meus olhos começaram a se acostumar à escuridão. Dei alguns passos entre os halteres e os aparelhos de avaliação cardiovascular, remos mecânicos, esteiras, fileiras de bicicletas ergométricas, somente uma estrutura desossada, estruturas verticais sumárias com ares de pássaros metálicos quebrados ou amputados. Por todo lado, no escuro, havia paredes inteiramente cobertas de espelhos, trípticos verticais que refletiam ao infinito minha silhueta irreconhecível. Hesitei sobre que caminho seguir e, voltando para trás, peguei uma escadinha interna com laterais de faiança de onde saía um cheiro de sabonete e de cloro. Não sabia para onde aquilo levava e subi os degraus lentamente, segurando no corrimão, quando Tóquio apareceu de repente na minha frente no meio da noite, como um cenário de teatro fictício de sombras e de pontos luminosos tremelicantes atrás das janelas envidraçadas da piscina.

A água da piscina estava imóvel no meio da noite, traspassada por clarões fugazes e reflexos irrequietos. Imóvel na penumbra, ela tinha aparência de chumbo derretido, de mercúrio ou de lava, e parecia repousar lá por toda a eternidade, a duzentos metros acima do nível do mar, atravessada de vez em quando por infinitas ondulações espontâneas, como a pele que se arrepia. Não havia nem um sopro de ar à minha volta, a água não batia contra a borda da piscina. Transatlânticos em plástico branco recortado estavam dispostos ao longo da vidraça, nem todos desdobrados, alguns ainda à espera, jogados em um canto, com outras cadeiras de praia dobradas sobre si mesmas, guarda-sóis, bóias, pranchas de isopor. Estava muito quente no recinto da piscina, quase úmido, e, nos vapores do ar ambiente, flutuava um odor de detergente perfumado, um fedor de andropógon, de amoníaco e de cítricos. Algumas massas de plantas se delineavam nos cantos da piscina, onde dava para identificar ilhotas de vegetação tropical no escuro, jatos de bambus cujo buquê de hastes lenhosas subia pelas vidraças, ramos gigantes de samambaias que transbordavam das jardineiras e iam se curvar preguiçosamente sobre os ladrilhos. Não havia nenhum barulho na piscina. Eu a percorria de uma ponta à outra lentamente, o olhar para cima, observando o grande teto de vidro móvel que deixava aparecer o céu estrelado nos intervalos da estrutura metálica. Chegando ao outro lado da piscina, avancei sem fazer barulho até a parede de vidro e fiquei observando em silêncio a cidade adormecida à minha frente.

Vista do alto, à noite, a terra às vezes parece recuperar um pouco de sua natureza original, bem de acordo com o estado selvagem do universo primitivo, próxima dos planetas inabitados, dos cometas e dos astros perdidos no infinito dos espaços cósmicos, e era essa imagem que Tóquio apresentava a respeito de si mesma naquele instante, atrás da janela envidraçada da piscina: a de uma cidade adormecida no coração do universo, salpicada por luzes misteriosas, luminosos em neon e refletores, placas, iluminação de ruas e alamedas, pontes, vias férreas, estradas metropolitanas e sua rede de avenidas elevadas embaralhadas, um cintilar de pedrarias e braceletes de luz pontilhada, guirlandas e fileiras quebradas de pontos luminosos dourados, quase sempre minúsculos, estáveis ou cintilantes, próximos e longínquos, sinais vermelhos das balizas aéreas que piscavam no meio da noite no topo das antenas e nos cantos dos telhados. Eu observava a imensa extensão da cidade atrás da janela envidraçada, e sentia que era a própria terra que estava sob os meus olhos, em sua curva convexa e sua nudez atemporal, como se a partir do espaço eu descobrisse aquele relevo tenebroso, e tive então a consciência fugidia da minha presença na superfície da terra, impressão fugaz e intuitiva que, na vertigem metafísica adocicada em que eu vacilava, me fez perceber de modo concreto que eu estava, naquele instante, em alguma parte do universo.

* * *

Para além das primeiras fachadas iluminadas ficava todo o bairro de Shinjuku, estendendo à minha frente seu perfil de sombras no meio da noite. Também dava para ver com boa definição, à esquerda, extensas zonas horizontais quase completamente tomadas pelas trevas da imensa clareira de vegetação negra, indecifrável e opaca do Palácio Imperial bem no coração da cidade; e até o mar, até o horizonte, por cima de Shimbashi e de Ginza, o chamado da amplidão e do chuvisco, a baía de Tóquio e o oceano Pacífico, onde as águas negras se perdiam no limite da acuidade visual e da imaginação. Fiquei lá em pé na penumbra, na frente da janela envidraçada do vigésimo sétimo andar do hotel. E, do alto daquele arranha-céu de quase duzentos metros que dominava a cidade, em pé naquele promontório privilegiado que se abria direto para o vazio, eu observava Tóquio que se estendia a perder de vista à minha frente, estendendo sob meus olhos a imensa superfície de sua aglomeração ilimitada. Pressenti então que a terra começaria a tremer mais uma vez, como acontecera quando tínhamos entrado no hotel algumas horas antes, e eu achava que o abalo que tínhamos sentido havia tão pouco tempo, como todos os abalos telúricos perceptíveis por meio dos sentidos, pudesse ser interpretado legitimamente como o sinal precursor de um abalo maior, ele mesmo anunciando um grande terremoto, e por que não um muito grande, o maior de todos, o famoso *big one* que está previsto para Tóquio por todos os especialistas, comparável àquele de 1923, ou de 1995 no Kansai, e talvez até com intensidade superior, com um grau de destruição desconhecido até hoje, inimaginável levando-se em conta o grau de urbanização atual de Tóquio, além de qualquer previsão catastrófica. E, no proveito daquele ponto de vista arrebatador sobre a cidade, eu comecei então a invocá-lo do fundo dos meus desejos, aquele grande terremoto tão temido, desejando em uma espécie de ímpeto grandioso que ele se desenrolasse naquele instante à minha frente, naquele mesmo segundo, e fizesse com que tudo desaparecesse sob meus olhos, reduzindo Tóquio a cinzas, a ruínas e a desolação, abolindo a cidade e o meu cansaço, o tempo e os meus amores mortos.

A água da piscina estava imóvel no meio da penumbra, apenas os canos recurvados e prateados das escadinhas de acesso brilhavam no escuro. Dei alguns passos ao longo da piscina e tirei a camiseta, que coloquei, cuidadosamente, em cima de um transatlântico. Desabotoei a calça e a abaixei pelas coxas, levantando um pé para fazer com que escorregasse pela panturrilha, depois o outro, com precaução, para me libertar da roupa. Fiquei descalço e me dirigi inteiramente nu em direção à piscina, sentindo o contato morno e úmido das nervuras emborrachadas do revestimento sob a planta dos pés. Sentei-me à beira d'água, nu no meio da penumbra, e, passado um curto intervalo, bem devagarzinho, deixei-me escorregar na vertical para dentro da piscina — e o turbilhão de tensões e de cansaços que eu tinha acumulado desde a partida de Paris pareceu se dissolver naquele mesmo instante, com o contato da água morna sobre o meu corpo.

Nadei lentamente na escuridão da piscina, com a alma sossegada, dividindo meus olhares entre a superfície da água que minhas braçadas lentas e silenciosas mal perturbavam e o céu noturno imenso, visível de todo lugar, através das múltiplas aberturas da janela envidraçada que ofereciam perspectivas ilimitadas ao olhar. Sentia-me como se estivesse nadando no próprio centro do universo, entre galáxias quase palpáveis. Nu na noite do universo, eu estendia os braços lentamente à minha frente e deslizava sem fazer barulho a favor da corrente, sem nenhuma agitação, como se estivesse em um curso d'água celeste, no próprio coração daquela Via Láctea que na Ásia se chama Rio do Céu. Por todos os lados, a água deslizava sobre o meu corpo, morna e pesada, oleosa e sensual. Eu deixava que meus pensamentos seguissem seu curso na minha alma, repartia a água com delicadeza à minha frente, dividindo a onda em duas vagas distintas e observando os prolongamentos cintilantes de lantejoulas de prata se afastando em ondulações na direção das bordas da piscina. Nadava como se estivesse flutuando sem gravidade no céu, respirando suavemente e deixando que meus pensamentos se fundissem na harmonia do universo. Acabei por me desprender de mim mesmo; meus pensamentos procediam da água que me rodeava, eram sua emanação, tinham sua evidência e sua fluidez, escorriam ao sabor do tempo que passa e escorriam sem resistência na embriaguez de seu simples escorrimento, a grandiosidade de seu curso, como pulsações sanguíneas inconscientes, ritmadas, suaves e regulares, e eu pensava... mas isso já é um pouco demais, não, eu não pensava, a infinidade de pensamentos fazia parte do meu corpo, eu próprio era o movimento do pensamento, eu era o passar do tempo.

AO SAIR DA PISCINA, voltei para o quarto. Fui caminhando pelo longo corredor do décimo sexto andar, o carpete bege, as portas de quartos fechadas, uma ao lado da outra, somente os números dourados para distingui-las, quase todas idênticas 1614, 1615, 1616, 1617, 1618, 1619. Chegando à porta do meu quarto, preparei-me para entrar e encontrar Marie, mas mudei de idéia e dei meia-volta para descer à recepção e pegar o fax que tínhamos recebido. Saí do elevador e atravessei o saguão, um pouco envergonhado por causa da maneira como estava vestido, que contrastava com a pompa do hotel (eu estava com uma camiseta preta simples, toda amassada e molhada e estava sem meia, com as pantufas de espuma). Devia ser pouco mais de quatro da madrugada, e o hotel estava deserto, não havia ninguém no imenso saguão de mármore silencioso e adormecido. Na recepção, havia apenas um empregado a postos, de terno preto, de costas, mergulhado na leitura de um documento. Os outros guichês estavam vazios, o púlpito que servia de ponto de encontro para os serviços de *airport-limousine* estava abandonado, não havia nenhum porteiro a vista, ninguém na escadaria coberta pelo toldo que dava para distinguir na escuridão da noite atrás da fileira dupla de portas deslizantes de vidro. Dirigi-me ao balcão e, com voz firme, que contrastava um pouco com minha vestimenta relaxada, expliquei ao empregado, em inglês, que tinha sido avisado no quarto sobre a chegada de um fax. *Room* 1619, disse bem seco, De Montalte, completei.

O sobrenome de Marie era De Montalte, Marie de Montalte, Marie Madeleine Marguerite de Montalte (ela poderia assinar suas coleções assim, M.M.M.M., em uma homenagem sibilina à marca do doutor Angus Killierankie). Marie era seu primeiro nome, Marguerite, o de sua avó, De Montalte, o sobrenome de seu pai (e Madeleine, eu não sei, ela não o tinha roubado, ninguém tinha tanto talento lacrimal como ela, aquele dom inato para as lágrimas). Quando eu a conheci, ela se apresentava como Marie de Montalte, às vezes só Montalte, sem a preposição. Os amigos e colaboradores a apelidaram de Mamo, que eu transformei em MoMA quando ela realizou as primeiras exposições de arte contemporânea. Depois eu deixei para lá o MoMA em lugar de Marie, simplesmente Marie (só porque sim).

O recepcionista demorava a voltar (*just a moment, please*, ele tinha dito, antes de desaparecer nas profundezas de uma pequena entrada anexa) e eu esperava que voltasse, na recepção, de pés sem meias dentro dos meus chinelos úmidos. Mas o que é que estava acontecendo? Por que ele não voltava? Será que não conseguia achar o fax? Ou será que acontecera um erro? Será que ninguém nos tinha enviado fax nenhum naquela noite? Mas, então, por que é que eu tinha saído do quarto com tanta precipitação bem no meio da noite? E o ácido, eu me perguntava, onde é que estaria o frasco de ácido clorídrico naquele momento? Múltiplos pensamentos angustiantes assaltavam minha alma, e faziam meu coração bater mais rápido. O recepcionista voltou caminhando em minha direção, imperturbável, e depois de verificar rapidamente em um grande livro de registros com capa de couro preto, com um gesto estilizado, estendeu o braço na direção do saguão para dizer que alguém já tinha passado para pegar a mensagem antes de mim. Alguém? Virei-me bruscamente em direção ao saguão e percebi a presença de Marie, a alguns metros de distância. Marie estava lá. Não vi nada além de suas pernas, já que seu corpo estava escondido por uma pilastra, as pernas longas cruzadas que reconheci imediatamente, os pés calçados em um par de chinelinhos de couro rosa pálido que deviam pertencer ao hotel e que ela usava com elegância distante, refinada e irônica (um equilibrado precariamente na ponta dos artelhos, o outro já caído no chão). Dei um passo prudente em direção a ela, não sabia como me receberia. Estava imóvel, esticada em cima de um dos sofás de couro preto elegantes do saguão, a cabeça e os cabelos caídos para trás, um braço oscilando na direção do chão, e vestida — foi o que mais me surpreendeu imediatamente — com um dos vestidos de sua própria coleção em seda azul-noite-estrelada, *strass* e cetim, lã tingida e organza, que ela tinha enfiado de qualquer jeito antes de sair do quarto, sem abotoar as costas, nem ajustar nos quadris (eu nunca a tinha visto usando um de seus vestidos, e aquilo não trazia nenhum bom presságio). Sem maquiagem, a pele muito branca sob o cristal dos lustres, óculos escuros sobre os olhos, fumava um cigarro pausadamente. Você está aqui? disse quando me aproximei dela. Ela me olhou com vislumbre de divertimento, e identifiquei um quê de superioridade desdenhosa em seu olhar, que parecia me dizer que com certeza não dava mesmo para esconder nada de mim (sim, de fato, ela estava lá), mas que também queria dizer — ou então eu estava interpretando mal aquele sorriso ao desencavar dele uma má intenção embora talvez ele só contivesse uma certa zombaria afetuosa — que ela não estava nem aí, em relação à minha sagacidade, que ela fazia questão de se mostrar indiferente, em relação à minha sagacidade de merda. O que ela esperava de mim agora não eram provas de inteligência, muito menos explicações quaisquer a respeito daquela sensação tão quente que acabáramos de experimentar no quarto, argumentos, justificativas ou objeções, mas sim que eu a beijasse, só isso — e, para tanto, a inteligência não tinha nenhuma utilidade.

Marie continuava a me observar, o rosto intenso e imóvel, o corpo ornamentado por seu vestido de coleção em seda azul-noite-estrelada, *strass* e cetim, lã tingida e organza, o sobretudo de couro preto enrolado como um xale, jogado com negligência sobre os ombros. Fumava em silêncio, em uma aura enevoada de melancolia idealista que parecia sair de maneira displicente de seus lábios, para subir até o teto em forma de fumaça. Você ficou preocupada? eu disse. Ela não respondeu imediatamente, acabou por concordar com a cabeça, de má vontade, mal mexendo o pescoço, com um leve movimento dos cabelos. Onde é que você estava? perguntou ela e, enquanto eu explicava que tinha subido ao último andar do hotel e tomado um banho de piscina, eu a vi sorrir, pensativa. É, eu sei, eu vi, ela respondeu depois de um instante. Você me viu? eu disse. Contou então que quando também saiu do quarto para ir buscar o fax na recepção e não me encontrou, saiu do hotel para me procurar. Eu escutava em silêncio, não compreendia aonde ela queria chegar. Lá fora, tinha erguido a cabeça para observar o exterior do hotel, tinha procurado com os olhos o nosso quarto no décimo sexto andar, todas as luzes do hotel estavam apagadas, todo mundo dormia. Afastou-se no meio da noite com seu vestido de coleção, não sabia muito bem para onde estava indo, saiu vagando sem rumo pelo meio da rua, erguendo a cabeça de vez em quando na direção da fachada distante do hotel, quando seu olhar foi atraído para a rotunda envidraçada da piscina no último andar, onde parecia ter visto alguém se movimentar de maneira fugitiva. Não tinha prestado muita atenção, mas quando voltou ao hotel ergueu a cabeça de novo, e foi então que viu, me viu com certeza atrás da vidraça, tinha certeza de que era eu, aquela silhueta imóvel no meio da noite, entre os arranha-céus iluminados. Você está inventando, eu disse. Não, não estou inventado nada, disse ela. É você quem está inventando, insinuou.

Ela sorriu para mim. Exibia um sorriso ambíguo que eu não conhecia, um pouco desconcertante, ligeiramente maluco. Venha, vamos sair, ela me disse e se levantou bruscamente, não agüento mais este hotel. Venha, ela repetiu, e me pegou pelo braço e me puxou na direção da saída. Eu ia arrastando os pés atrás dela, tentando lhe dizer que não estávamos vestidos para sair, que devíamos pelo menos dar uma passada no quarto e pegar um casaco, mas ela não quis nem saber, me puxou em direção à saída e jogou seu enorme sobretudo de couro preto sobre os meus ombros. Pronto, já que você está com frio, seu maricas, disse ela, e parou no meio do saguão para me olhar com desdém e me dirigir um lindo sorriso vampe, ingênuo e desafiador. E, no clarão de prazer muito vivo que brilhou nos olhos dela, pareceu-me de repente reencontrá-la integralmente, imprevisível e caprichosa, aflitiva, incomparável.

Atravessamos as portas de vidro deslizantes que se abriram automaticamente quando nos aproximamos, e encontramos o ar fresco sobre a escadaria deserta. Um táxi estava parado a uns dez metros dali, e ficamos vagamente esperando sua chegada, olhando em volta, mas ele não veio ao nosso encontro (simplesmente porque o motorista estava dormindo, percebemos alguns instantes depois, quando descobrimos o corpo dele esticado na penumbra, o assento inclinado para trás). Apressamos o passo para descer os poucos metros da entrada particular do hotel e atravessamos a rua correndo, de mãos dadas, saltamos sobre uma proteção baixinha para chegar ao outro lado da rua, penetrando entre os galhos de um bosquezinho anão e arranhando as canelas nos arbustos. Sem parar de correr, eu tinha vestido o sobretudo de Marie, pequeno demais para mim, e a tinha abraçado por trás para esquentá-la (a manga do sobretudo de couro subia pelo meu antebraço e apertava a axila). Marie se apertava contra mim, a cabeça contra meu peito, de maneira que formávamos apenas um corpo bicefálico intimamente entrelaçado. Descemos com passos ligeiros as escadas de uma grande passarela metálica que fazia as vezes de eclusa urbana, separando os diversos patamares da cidade por encontrar-se em um nível mais baixo, em uma avenida tão fantasmagórica e deserta iluminada por uma fileira de postes que traçava na noite uma linha de iluminação branca pontilhada. Chegando a um lugar de onde dava para ver o Keio Plaza Hotel, cuja entrada estava iluminada de branco e dourado, bifurcamos para uma rua escura e, deixando pouco a pouco o Shinjuku de grandes hotéis e de prédios de escritório para trás, atingimos um bairro mais animado, com muitas lojas e restaurantezinhos, com passagenzinhas no meio do escuro, lanternas e ideogramas nas placas, alguns luminosos apagados na penumbra. Às vezes, passávamos na frente do luminoso em neon branco e cor-de-rosa de uma casa noturna ou de um prostíbulo, em frente do qual um aglomerado de pessoas conversava, uma ruiva alta usando uma capa de chuva cor-de-rosa comprida, de minissaia e lábios pálidos, dois homens magricelas com paletó e colete confabulando ao lado dela e, mais afastado, na sombra, à toa perto das latas de lixo, a silhueta magra de um homem-placa solitário e pensativo, com um bolo de folhetos na mão. À medida que avançávamos, o bairro ia ficando mais animado e se transformando, havia cada vez mais bares e luminosos em neon, carros que percorriam a rua lentamente, ao longo das calçadas desertas, cheiro de sopa e de *tako-yaki*, *sex-shops*, subsolos vigiados por seguranças, carinhas de terno xadrez, ou grandalhões de veste de brim, jaqueta estampada ou casaco preto acolchoado. Ninguém prestava muita atenção na nossa roupa, nós nos fundíamos à noite e às excentricidades de cada um, não mais extravagantes do que os outros, Marie com um vestido de coleção de vinte mil dólares, bem simples, com as costas desnudas, como se fosse um desenho, a fuselagem em seda preta e uma hélice ventral, que ela usava com a simplicidade de deixar qualquer um confuso, óculos escuros sobre o nariz e os chinelinhos cor-de-rosa do hotel, e eu desajeitado dentro de um sobretudo de couro quatro vezes menor do que eu e cuja manga ficava no meio do braço, pés sem meias dentro dos chinelos de espuma do hotel úmidos e já retorcidos, a sola ensopada, rachada e encardida. Fazia cada vez mais frio na rua, nossas mãos estavam congeladas e soltávamos vapor pela boca, sentia o corpo de Marie tremer encostado no meu peito, a pele dos antebraços arrepiada, sensual. Estou com fome, disse ela. Frio ou fome? eu disse. Fome, frio e fome; vamos comer, disse ela.

Atraídos pelas luzes avermelhadas das lanternas e do calor que parecia dominar o interior, entramos em um pequeno restaurante de bairro que servia sopa a qualquer hora, uma sala minúscula e abarrotada, meio engordurada, com grandes mesas de madeira, quase todas ocupadas. Uma fileira de banquetas sumárias acompanhava o bar, onde se enxergavam quatro silhuetas de costas, com o corpo inclinado para frente, uma tigelinha e pauzinhos nas mãos, aspirando ruidosamente o macarrão, *udon* ou *lamen*, não sei, não perguntei o que estavam comendo (ainda que Marie o tenha desejado: apontou ingenuamente para as tigelinhas deles, quis comer a mesma coisa). Uma senhora cozinhava em um aposento contíguo protegido por uma cortininha, precisa e absorta em sua tarefa, refogando sei lá o que dentro de uma *wok* que ela sacudia e despejava com gestos bruscos dentro de panelas que ferviam sobre bocas de gás e espalhavam pelo salão um cheiro forte de soja e de carne de porco caramelizada. Pedimos sopas, que eu tinha escolhido ao acaso no cardápio, apontando com o dedo os ideogramas mais apetitosos para o senhor calçado com chinelos de madeira que veio pegar nosso pedido, ao mesmo tempo cortês, taciturno e indiferente. Ele colocou em cima da nossa mesa uma minúscula toalhinha branca aquecida, em um plástico amarfanhado, e serviu para cada um de nós um copo de água engarrafada antes de se afastar mais uma vez. Marie, que tinha tirado os óculos escuros e colocado em cima da mesa, olhava para mim, os olhos avermelhados de sono, pálidos e cansados, como estrelas apagadas fragilizadas pela noite, e sorriu para mim com carinho, aparentemente mais feliz no meio da fumaça daquela espelunca do que em meio ao ouro e ao luxo de todos os palácios do mundo, em que toda a suntuosidade não passava da redundância pálida de seu próprio esplendor.

Sentada na minha frente no fundo do restaurante, Marie tomava sua sopa sem fazer barulho, da maneira ocidental, e não da japonesa, com a tigela na mão, fazendo o macarrão subir em etapas com a ajuda dos pauzinhos, antes de engoli-lo ruidosamente com uma aspiração precipitada. Melhor, ela pescava os *udons*, e dava pena vê-la (ou prazer, dependendo do ponto de vista) mexer displicentemente a sopa com um pauzinho em cada mão, como se fosse uma maestrina abatida, disléxica e ambidestra. Acabou abandonando a partitura na metade da refeição, desencorajada, pousando a tigelinha em frente a si na mesa. Acho que você ficou com os meus cigarros, disse ela, estão no meu sobretudo, e sem esperar a resposta esticou os braços na minha direção por cima da mesa, revirando os bolsos de seu próprio sobretudo que eu ainda usava, enlaçando o meu corpo e retirando dali diversos objetos, que foi colocando um a um sobre a mesa, um envelope grande branco dobrado no meio que devia conter o fax, pequenas bolinhas de lenços de papel amassados úmidos de suas lágrimas, um batom com tampa dourada, duas ou três notas de dez mil ienes enroladas e um maço de Camel mal-ajambrado, de onde tirou um cigarro amassado, desaprumado e meio quebrado, como o nariz de um Concorde. É o fax? eu disse apontando com o olhar o envelope grande dobrado no meio que tinha colocado em cima da mesa. Posso? Ela fez que sim com a cabeça enquanto acendia o cigarro. Abri o envelope com esmero, tirei as duas folhas de pepel que continha e percebi logo o cabeçalho da grife Allons-y Allons-o, e seu logotipo estilizado, em sombras chinesas, de um casal se encontrando. Tirei as folhas do envelope e as percorri com os olhos, números com os resultados dos negócios recentes, uma última atualização de sua agenda em Tóquio, datas de exposições e de desfiles, nada de mais. O fax tinha sido enviado de Paris às dezenove horas e vinte, que era um horário normal para enviar fax (apesar de ser um horário desastroso para nós, que o recebemos).

Marie, na minha frente, caindo de cansaço, tinha acendido um outro cigarro na última brasa do anterior, e, com os braços nus, brincando com a garrafinha de *shoyu* que rodava entre os dedos sobre a mesa, ia me falando de suas preocupações a respeito da exposição de arte contemporânea que deveria inaugurar no fim de semana seguinte em Shinagawa. Naquela manhã, quando chegamos a Tóquio, devido a uma confusão lastimável e às numerosas mudanças de vôo que Marie efetuara até o último minuto, ninguém tinha ido nos buscar no aeroporto. Encontramo-nos sozinhos na enorme sala de esteiras de bagagem em Narita, juntando nossos cento e quarenta quilos de bagagem repartidos em diversas malas e baús, álbuns de fotos e caixas de chapéus, que rodavam sobre a esteira e que recolhíamos para empilhar sobre três ou quatro carrinhos, constantemente de olho na chegada hipotética do reforço que nunca apareceu. Finalmente, fomos obrigados a ir para o hotel por nossos próprios meios, em dois táxis diferentes, cada um de nós em um, a imagem emblemática de nossa chegada ao Japão, os dois carros um atrás do outro em baixa velocidade sob o sol pálido e acinzentado dos engarrafamentos matinais das estradas urbanas elevadas da baía de Tóquio. Chegando ao hotel, exausta e fora de si, Marie, com um maço de faxes e e-mails na mão, falou ao telefone com os diversos responsáveis por sua viagem, cada um deles se confundindo em desculpas mas assumindo a responsabilidade pelo mal-entendido, dado que a organização japonesa da viagem tinha sido tricéfala. Allons-y Allons-o, Contemporary Art Space para a exposição e Spiral para o desfile de moda (sem contar uma jovem encarregada da missão em nome da embaixada da França, que pretendia igualmente juntar seu toque pessoal ao desleixo do triunvirato). Para terminar, mandando todo mundo pastar, Marie tinha dito que ia dormir e que não queria mais ser incomodada até a manhã seguinte (mas, a manhã seguinte era agora, era precisamente agora, meu amor).

* * *

E, apesar de meu imenso cansaço, fiquei torcendo para que aquele dia não amanhecesse, que não amanhecesse nunca mais e que o tempo parasse naquele instante naquele restaurante de Shinjuku onde nos sentíamos tão bem, envolvidos de maneira tão aconchegante pela proteção ilusória da noite, porque eu sabia que a chegada do dia traria a prova de que o tempo passava, de modo irremediável e desestruturante, e tinha passado sobre nosso amor. O dia não tardaria a amanhecer, e, quando me voltei para a rua, percebi que estava nevando, flocos de neve imperceptíveis passavam lateralmente na frente da janela e desapareciam no meio da noite, levados pelo vento. Do lugar em que nos encontrávamos no restaurante, só dava para ver um fragmento da rua pela moldura de madeira da janela, parcial e incoerente, que mostrava um prédio na penumbra, com fios elétricos misteriosos e uma coluna iluminada que subia pela fachada na vertical, composta de sete ou oito caixas luminosas sobrepostas que anunciavam a presença de bares em cada andar da construção. Observava a neve cair em silêncio na rua, leve e impalpável, prendendo-se aos luminosos em neon e aos contornos das lanternas de papel, ao teto dos carros, aos carretéis de vidro que seguravam os fios dos postes telegráficos. E aquela neve me parecia a imagem do passar do tempo — quando atravessava a claridade de uma lâmpada, os flocos rodopiavam por um instante como uma nuvem de açúcar glaceado dissipada por um sopro invisível e divino. E, com a imensa impotência que eu sentia por não poder impedir o tempo de passar, senti então que, com o fim da noite, terminaria nosso amor.

Saindo do restaurante, as calçadas estavam escuras e reluzentes, cobertas de geada e de neve derretida. Os chinelos de espuma que eu trazia nos pés mal me protegiam da umidade, e quando atravessávamos alguma rua não era raro sentir pequenos respingos glaciais de neve derretida sobre os tornozelos ou os pés sem meias. Marie caminhava na minha frente por uma ruazinha escura, as costas e os braços desnudos em seu vestido de seda. Ela não parecia estar especialmente com frio, mas mesmo assim achei melhor alcançá-la e devolver seu sobretudo, me libertei da roupa e a coloquei com cuidado sobre os ombros dela, para cobri-los da melhor maneira possível. A neve, que tinha cessado por um instante, voltou a cair, primeiro alguns flocos dispersos, como que hesitantes, um simples chuvisco desagradável e glacial, depois verdadeiras enxurradas de neve, que cobriram em poucos instantes as calçadas com uma película fina de pó cristalino. Tínhamos encontrado refúgio embaixo do alpendre de madeira de uma lojinha de artesanato, e ficamos observando a neve cair em grandes flocos à nossa frente, no meio da noite. Uma ou outra vez, desafiando a borrasca, eu me arriscava até o meio da rua e levantava a cabeça, permanecendo imóvel no meio da cortina de flocos silenciosos que caíam melancólicos na ruazinha, e examinava o céu longamente, que começava a se desprender da noite e ia se modificando para um tom cinzento diurno, a que as grandes nuvens de neve conferiam alguns reflexos amarelados. Estava tão cansado que já nem sentia o frio nem o cansaço. Dei alguns passos pela neve derretida até o cruzamento mais próximo, o rosto coberto de neve e os pés vermelhos de frio nos chinelos frágeis, e parei na frente de uma grande máquina de bebidas que se erguia na penumbra. Examinei por um instante as latinhas lá dentro, bebidas frias e quentes, tipos diferentes de café e de chá, e tirei algumas moedas do bolso, perguntando a Marie se ela queria beber alguma coisa. Quero, quero sim, disse ela. Marie tinha ficado embaixo do alpendre, e eu a observava a distância, linda com seu vestido de seda azul-noite-estrelada no meio da noite nevada, o rosto envolto pelos clarões avermelhados de uma lanterna bem próxima. Ela estava de pé, com os olhos perdidos, embaixo do alpendre daquela lojinha de madeira abandonada com as janelas fechadas, e olhava para frente com tristeza, os cabelos molhados e o rosto respingado de vestígios de neve derretida. Coloquei as moedas na fenda da máquina e voltei para perto dela caminhando com cuidado sobre a calçada, com duas latinhas de *cappuccino* quentíssimas na mão.

Passava um pouco das cinco da manhã e bebíamos nosso *cappuccino* embaixo do alpendre de madeira de uma lojinha de artesanato, observando a neve cair à nossa frente na ruazinha. Apesar do frio intenso, eu me sentia estranhamente bem, e Marie, que tomava seu *cappuccino* com golinhos cuidadosos para não queimar os lábios, ergueu os olhos para mim e sorriu. Retribuí o sorriso dela e estendi minha latinha com prudência na direção da dela para convidá-la a um brinde e, passada a surpresa inicial — ela se desconcentrou por um instante, como se tivesse presenciado um gesto inexplicável, uma inconveniência, um oferecimento inesperado de carinho e de graça —, ela me encarou com gravidade, me examinou intensamente com o olhar, antes de deixar a cabeça cair sobre o meu ombro e brindar comigo com muita feminilidade e abandono, batendo na minha latinha com delicadeza, com reconhecimento, com muito mais gravidade do que era necessário, afetuosamente, amorosamente.

* * *

Tínhamos retomado nosso caminho, andávamos sem nos preocupar com a neve, que continuava se amontoando em silêncio sobre os nossos ombros e os nossos braços. Tentávamos voltar para o hotel, mas já havíamos atravessado vários cruzamentos e não encontrávamos o caminho. Avançávamos daquele jeito pelo desconhecido das ruazinhas sombrias, quando reparamos do outro lado da rua a caixa de vidro iluminada de um pequeno supermercado vinte e quatro horas, com uma placa azul e branca da Lawson que brilhava no meio da noite. Fomos nos abrigar por um instante lá dentro, passando sem transição da penumbra azulada da noite à violenta claridade atemporal das luminárias em neon branco do teto. Dei uma olhada distraída nos únicos dois outros clientes que estavam na loja, um rapaz com uma blusa de gola alta cor de laranja e um gorrinho rasta que folheava uma revista na frente do mostruário de jornais, e um assalariado sem idade, sapatos molhados e testa úmida, que contemplava cheio de dúvidas as prateleiras quase vazias do compartimento refrigerado, pegando de vez em quando alguma bandejinha envolta em celofane cheia de filamentos de algas escuras ou de pedaços de cogumelos, aproximando o recipiente de plástico dos olhos e levantando os óculos para ler qualquer coisa na etiqueta, a data de fabricação ou a origem do produto, antes de devolver a bandejinha para o lugar de onde a tirara. Marie parou no corredor dos confeitos, e, observando os pacotes de doce com uma certa apatia, ia passando sem intervalo de um corredor a outro, parava na frente das prateleiras de sopas instantâneas, de saquinhos de macarrão em embalagens coloridas. Tinha colocado o sobretudo molhado sobre o cotovelo dobrado e, mais uma vez de óculos escuros para se proteger da luz forte demais da loja, passeava dançando por entre os corredores sob os olhos indiferentes das operadoras de caixa, que seguiam com ar triste a progressão descuidada do conjunto esplêndido que a silhueta azul-noite-estrelada dela formava nos corredores desertos do supermercado.

Ainda não se via nenhuma claridade do amanhecer quando saímos da loja e, se é que o bairro estava acordando, era muito lentamente, em pequenos toques imperceptíveis; uma lâmpada que se acendia aqui e ali atrás de uma persiana de madeira de um apartamento térreo, um velho calçado com chinelos tradicionais de madeira que aparecia nos degraus de uma porta e ia retirar as venezianas de madeira removíveis de uma quitanda. Um carro de vigia avançava em marcha lenta sobre a neve no meio da rua, e o luminoso rotativo cor de laranja do teto lançava seus clarões alongados sobre as fachadas. Tínhamos comprado um guarda-chuva transparente e meias de tênis de lã branca no supermercado (em um pacote de três, com listras duplas idênticas em vermelho e azul, e tínhamos imediatamente calçado um par cada um para nos proteger do frio), e prosseguíamos ao acaso pelas ruazinhas, com os pés novamente aquecidos, apertados um contra o outro sob aquele frágil guarda-chuva transparente.

Finalmente, desembocamos em uma avenida já bem animada, onde, sob uma luz noturna à qual a neve que caía dava um ar feérico, os carros patinavam sem sair do lugar no meio da névoa em um balé de faróis e de luzes de marcha-a-ré. Alguns táxis isolados, de carrocerias ácidas, de verde intenso, cor de laranja metalizado, avançavam lentamente no meio de uma mistura de lama e de neve derretida que formava ondas sob os respingos dos pneus. A cada freada, as luzes traseiras dos carros se acendiam e jogavam clarões vermelhos dramáticos em seu entorno no meio da noite. Por todo lado, sobre as vidraças das fachadas ainda envoltas em escuridão, brilhavam luminosos em neon emaranhados e superpostos, uma confusão de placas onde corriam inscrições em *katakanas*, colunas indecifráveis de ideogramas que se misturavam às vezes a algum caractere conhecido, como um luminoso publicitário gigante pendurado na lateral de uma passarela metálica que se destacava na rua e chamava a atenção por formar uma palavra inesperada: VIVER. Vários cafés e estabelecimentos comerciais já estavam abertos ao longo da avenida, e uma multidão apressada se movimentava sobre a calçada, que parecia fluida e escorregadia como uma torrente impetuosa que conduzia em seu curso um fluxo ininterrupto de pedestres, em uma ondulação de capas de chuvas escuras e transparentes, parcas, sobretudos e guarda-chuvas. Nós nos misturamos ao movimento da multidão e seguimos a corrente debaixo do nosso guarda-chuva estreito transparente, a extravagância de nossas vestes mal era notada por alguns olhares que repousavam sobre nós de soslaio, eu só de camiseta embaixo da neve, e Marie de ombros nus em seu vestido de coleção, seus chinelinhos de couro rosa pálido adornados por um par de meias de tênis grossas.

Foi então que um incidente menor tomou lugar, que poderia não ter tido conseqüência nenhuma, mas que, no estado extremo de cansaço em que nos encontrávamos, foi o detonador de uma crise tão breve quanto brutal. Eu me dirigi à beira da calçada para chamar um táxi no meio do trânsito (apesar de estarmos sem dúvida a apenas alguns minutos a pé do hotel, achei que seria melhor acabar com aquilo o mais rápido possível), e um táxi, obedecendo imediatamente ao meu gesto, deixou a fila central para vir parar à nossa frente na calçada, a porta de trás se abrindo automaticamente, em um movimento simultâneo. Segurando o guarda-chuva aberto do lado de fora do veículo, tinha enfiado a cabeça para dentro — foi sem dúvida um erro, teria sido melhor me instalar imediatamente no carro — para indicar o nome do hotel para o chofer, repetindo duas ou três vezes, especificando o endereço que estava marcado no cartão de visitas que eu trazia comigo, 2-7-2, Nishi-Shinjuku, Shinjuku-ku. O chofer, plácido atrás de seu vidro transparente, me mediu de cima a baixo com a primeira olhadela — o sotaque, a cara, as vestimentas — e, com um sorriso impotente, recusou-me sem poder fazer nada mais, e a porta se fechou sozinha no meu nariz, enquanto o carro já retomava seu caminho no meio da névoa e me deixando desamparado sobre a calçada, meditando a respeito da minha decepção.

Furioso e impotente, chamei então outro táxi, de qualquer jeito, sem convicção, mal erguendo o braço, e era impossível que algum chofer reparasse em mim. Foi quando Marie, atrás de mim, as mãos em volta dos braços, louca de frio na calçada, cansada de esperar, exasperou-se com a minha ineficiência, observando com voz amarga que, se eu continuasse chamando só os táxis ocupados, nós não conseguiríamos voltar para o hotel, eu me virei para ela e mandei que ela calasse a boca. Ela não respondeu nada. Imóvel, com as mãos em volta dos braços, cara fechada, olhos intensos, me olhou torto. Voltei para perto dela chapinhando nos meus chinelos de espuma completamente ensopados, as meias tão grossas que eu não conseguia enfiar o pé todo na pantufa, de modo que meu calcanhar ficava para fora e mergulhava direto na neve a cada passo, que merda. Tínhamos caminhado alguns minutos daquele jeito, sem proferir palavra e, à primeira fala de Marie — dando mais uma bronca em mim por uma coisa qualquer, ou reclamando, sei lá, tanto faz, só o som da voz dela tinha ficado insuportável para mim —, acelerei o passo e a deixei para trás, lá no meio da avenida. Pelo menos deixa eu ficar com o guarda-chuva, ela gritou quando eu me afastei pelo meio da multidão. Voltei na direção dela e joguei o guarda-chuva para ela, com um pouco de força demais, talvez, ou então foi ela que não conseguiu segurar, sei lá, mas ele caiu no chão, entre nós dois, apoiado sobre as barbatanas, de cabeça para baixo sobre a neve.

Pega aí, disse ela. Eu não disse nada. Pega aí, ela repetiu. Olhei-a nos olhos, com o olhar mais maldoso possível. Não me mexi. Estávamos parados na calçada, um de cada lado do guarda-chuva tombado de cabeça para baixo na neve, pessoas passavam por nós e se perguntavam o que estava acontecendo, olhavam para nós por um instante e seguiam seu caminho, às vezes virando para trás para dar uma última olhada. Eu não me mexia. Sentia as têmporas formigando, tinha vontade de bater nela. Estávamos imóveis a alguns metros da entrada de um café, de cujo toldo de lona a neve derretida pingava lentamente. Pessoas sentadas nas mesas do local apertado nos observavam através da vidraça, eu sentia o olhar delas, eu sentia o olhar delas sobre nós. Nem Marie nem eu nos mexíamos. Era impossível, de qualquer maneira, que um de nós recolhesse aquele guarda-chuva. Consegui retomar a compostura e dei meia-volta, e continuei a caminhar sem proferir palavra. Marie me seguiu, e continuamos nosso caminho pela avenida, deixando para trás aquele guarda-chuva transparente aberto sobre a calçada, de ponta-cabeça, abandonado na neve.

Continuamos a avançar pelo meio da multidão, caminhando no mesmo ritmo, aparentemente juntos. As meias de lã brancas enfiadas nos chinelos com suas idênticas e ridículas listrinhas em vermelho e azul no tornozelo, mas cada um com suas reflexões maldosas e sua ruminação a respeito do acontecido. Não dissemos nada — não nos falamos mais. De vez em quando, furtivamente, eu a observava. Não importava de quem era a culpa, sem dúvida de ninguém. Nós nos amávamos, mas não nos suportávamos mais. Tinha essa coisa, agora, no nosso amor, que mesmo que continuássemos a nos fazer mais bem do que mal quando estávamos juntos, o pouco de mal que nos fazíamos tinha se tornado insuportável.

Paramos em cima de uma ponte, e fiquei olhando o dia amanhecer à minha frente. O dia amanhecia, e eu ficava pensando que era o fim de nosso amor, era como se eu observasse nosso amor se desfazendo na minha frente, se dissipando com a noite, no ritmo quase imóvel do tempo que passa quando se começa a medi-lo. O mais surpreendente, ao observar dessa maneira as variações imperceptíveis de cor e de luz sobre os edifícios de vidro azulado de Shinjuku, era que a transição para o dia me parecia muito mais uma questão de cor do que de luz.

Mal tendo perdido sua intensidade, a escuridão passava simplesmente do azul intenso da noite ao cinzento afetuoso de uma manhã de neve, e todas as luzes que eu ainda distinguia ao longe — arranha-céus iluminados nas proximidades da estação de trem, cobertos pelos rastros dos faróis dos carros nas avenidas e sobre as curvas de concreto das estradas urbanas, os globos das lâmpadas dos postes e os luminosos em neon multicolorido das lojas, as barras de luzes brancas nas janelas dos prédios de apartamentos — continuavam a brilhar na cidade como se estivessem no próprio coração de uma noite agora diurna.

Marie continuava em silêncio ao meu lado, e estávamos lá imóveis, como que presos àquela passarela metálica reservada aos pedestres que se elevava verticalmente sobre as vias férreas que conduziam à estação de Shinjuku. Mais abaixo, por toda a extensão do leito dos trilhos, havia um emaranhado de fios elétricos e de cabos de alta tensão, de postes, de rampas metálicas que se erguiam acima dos trilhos. Em intervalos regulares, precedida de um rugido que fazia a ponte tremer, surgia uma composição de metrô iluminada lotada de passageiros, às vezes um trem de carga, e de novo um monotrilho branco que se movia em um único traço na luz pálida do dia. Nas proximidades da estação de trem de Shinjuku, que avistávamos ao longe, milhares de pessoas andavam apressadas sobre a neve em volta da entrada principal do prédio, em uma maré gigantesca de guarda-chuvas que parecia se revolver por contrafluxos vagarosos, uma parte entrando na estação e outra saindo, ao mesmo tempo em que múltiplas subcorrentes pareciam se formar, de pessoas isoladas que abriam caminho na direção oposta para chegar aos guichês ou sair das entradas do metrô. Mais ao longe, um aglomerado de construções metálicas altas se elevava, hotéis e lojas de departamentos, com telhados de laje lotados de luminosos de neon e de antenas, o alto das fachadas salpicado de telas gigantescas que transmitiam anúncios mudos em cores desbotadas no meio da noite que ia terminando. Retomamos nosso trajeto, ainda sem proferir uma palavra, não tínhamos saído da ponte, e voltei-me para Marie, que caminhava ao meu lado em silêncio sob a garoa congelada de neve derretida continuando a cair sobre a cidade. Eu estava me preparando para fazer um gesto na direção dela, tocar-lhe o braço ou pegar-lhe a mão, quando senti que minha cabeça vacilava, e, no prolongamento dessa vertigem, o rugido de um trem invisível começou a fazer com que tudo tremesse à sua passagem, sacudindo ruidosamente as grades metálicas das laterais da ponte, que começaram a tremer de cima a baixo ao meu lado nos lampejos de faíscas azuladas e nos clarões de fogo que vi de repente sair da caixa de um gerador mais abaixo. Aquilo implodiu ali mesmo em uma fumaça escura espessa, que se ergueu sobre os trilhos onde um trem a toda velocidade freou catastroficamente para tentar parar. Nesse momento, com a rápida olhadela circular, vi que balançavam; enxerguei os transeuntes sendo lançados de um lado para o outro como se estivessem sobre o convés de um navio arremetido por uma onda enorme, breve e violenta, todos quase perdendo o equilíbrio e se esforçando para manter sua trajetória, acelerando o passo, como se estivessem correndo atrás de guarda-chuvas perdidos, alguns se agachando, a maior parte parada no lugar, como que fixos, paralisados, protegendo a cabeça com um braço, com pastas, com maletas. E foi só isso, foi absolutamente só isso. Nada mais do que isso. Nem trinta segundos, ou um minuto depois, passado o momento de pânico e de expectativa, muito denso, em que nada mais aconteceu e em que ninguém se mexeu, as pessoas se olharam umas para as outras, uma mochila caída aqui e outra ali, ainda agachadas, lívidas, molhadas de neve, ainda prontas para se proteger e para se encolher ainda mais, esperando o pior, uma resposta imediata, talvez até mais forte — era a segunda vez que a terra tremia em poucas horas, e podia acontecer de novo a qualquer instante, a ameaça seria a partir de então permanente —, as pessoas iam se levantando pouco a pouco e se afastavam, dispersando-se sobre a ponte, enquanto um cão invisível latia ao longe no meio da manhã cinzenta.

E Marie, com um grito abafado, se jogou nos meus braços e começou a tremer toda.

Demos alguns passos, alucinados, as roupas molhadas, com nossos chinelos retorcidos e nossas meias de lã branca combinando, e encontramos abrigo em uma parte da estrutura da ponte, um tipo de nicho arredondado que conduzia a uma escada de emergência metálica muito abrupta que levava aos trilhos. Marie chorava. Ela chorava encostada a mim, soluçava sem parar, encolhia-se com todas as forças nos meus braços, os braços e as pernas tremendo, molhada de lágrimas e de neve. O medo extremo que ela sentira, o cansaço, a exaustão, a exacerbação de todos os sentidos desde o início da noite traduzia-se então por uma necessidade irrefreável de reconforto, uma vontade ardente de união de corpos e de entrega. Marie, nos meus braços, em prantos, o vestido molhado, o cabelo molhado, ia aproximando os lábios da minha boca e me perguntou tremendo por que eu não queria beijá-la, e, abraçando-a mais forte, respondi com voz baixa acariciando os ombros e os cabelos para acalmá-la que nunca tinha dito que não queria beijá-la, que nunca tinha dito nada disso. Mas eu não a beijei, não me inclinei na direção dela para beijá-la, e acariciá-la, e acalmá-la e impedir que chorasse, e era sempre a mesma pergunta e a mesma resposta, exatamente o mesmo diálogo de algumas horas antes no hotel, e foi com a mesma veemência e a mesma angústia na voz, que ela gritou de novo erguendo a cabeça na minha direção: Mas então por que você não me beija? E eu não respondi, eu não sabia o que responder, eu me lembrava muito bem da resposta que tinha dado antes, mas não podia mais lhe dizer que não queria nem beijá-la nem *não* beijá-la depois dos momentos dramáticos que tínhamos acabado de viver, ela teria morrido de raiva, teria ficado revoltada, teria me batido, teria arranhado o meu rosto. Na angústia que a havia lançado aos meus braços, era o calor do meu corpo que ela tinha vindo buscar. Ela estava pouco se lixando para as minhas palavras e as minhas argumentações, a agilidade da minha dialética, o que ela queria era um ímpeto do coração, o ímpeto das minhas mãos e da minha língua, dos meus braços em volta dos ombros dela, meu corpo encostado no corpo dela. Será que eu não tinha entendido nada? E no entanto só Deus sabe como eu tinha vontade de beijá-la naquele momento — mais ainda do que da primeira vez que eu a beijara, agora que iríamos nos separar para sempre. E compreendi então, enquanto ela se encolhia cada vez mais contra mim, que o desejo carnal continuava desperto depois de nossa relação daquela noite, nossa relação incompleta daquela noite, interrompida, inacabada, ela tinha agora a necessidade de uma válvula de escape para que pudesse liberar as tensões acumuladas. Era necessário, para chegar ao fundo de seu cansaço, para relaxar seus membros e acalmar seus nervos, que ela gozasse, que ela gozasse ali mesmo, e tive então a sensação de que era uma mulher desconhecida que eu segurava nos braços, que se agarrava a mim, molhada de desejo e de lágrimas, seus quadris se enrolando contra a minha barriga com uma perniciosa determinação em busca do gozo. A violência do desejo dela me assustava, eu sentia que ela procurava minha boca ofegando na minha orelha, a respiração curta, gemendo como se estivéssemos fazendo amor no meio da multidão que não parava de passar perto de nós sobre a ponte. O chão tinha acabado de tremer, e, indiferente aos transeuntes, Marie se apertava contra mim esfregando seu sexo lascivamente na minha coxa, levantando minha camiseta ardentemente para massagear minha barriga e me amassando contra a lateral da ponte. Depois pegou minha mão e a guiou por baixo de seu vestido, fez com que subisse pela coxa e senti então o contato ardente de sua pele nua, senti, naquele corpo frio e molhado de neve que se espremia contra mim tremendo, o contato incrivelmente quente da pele da coxa dela e a proximidade ardente do sexo molhado de desejo. Tinha enfiado a mão na calcinha dela e sentia agora sob meus dedos a maciez úmida e elétrica do interior do sexo dela que se contraía na minha mão, o dia amanhecia e eu também a desejava com muita intensidade àquela altura, eu me agarrava contra ela no meio das claridades do dia nascente, acariciava seu sexo, amassava suas nádegas. O dia amanhecia em Tóquio, e eu enfiava o dedo no rabo dela.

II

VOLTANDO AO HOTEL — eu nos revejo de manhãzinha atravessando furtivamente o saguão já fervilhante de executivos para alcançarmos os elevadores, a pele avermelhada de frio, o vestido de Marie amarfanhado e meio arregaçado na coxa, nossas meias de tênis brancas combinando nas canelas —, naquele estado de cansaço e de destruição física que havíamos atingido, nos deixamos cair imediatamente, vestidos, na cama. Já estava claro e a atmosfera cinzenta do dia seguinte de uma noite passada em claro reinava no quarto. Marie tinha preparado um banho de água quente e esperava que a banheira se enchesse, deitada na cama de olhos abertos, exausta, sem se mexer, sem falar. Nosso cansaço era tal que quase entramos juntos na banheira quando ela ficou cheia, mas, depois de uma breve altercação no banheiro, bastante farsesca e cômica, um balé de gestos afetuosos e sonâmbulos sobre os azulejos, dividimos as opções: Marie ficou com a banheira e eu escolhi o chuveiro. De cabeça erguida e olhos fechados, deixei a água morna correr sobre o meu corpo castigado, dolorido e frio, meu corpo de náufrago que ia retomando pouco a pouco a temperatura normal. Eu estava nu, a cabeça erguida sob o jato d'água, e através do *box* de vidro embaçado do chuveiro eu via Marie deitada na banheira, nua e imóvel, uma toalhinha no rosto, branca e jogada, de onde saíam espirais evanescentes de vapor. Ela trazia uma touca transparente nos cabelos, como um penteado, como uma couve-flor mole, e suas mãos, em câmera lenta, quase inconscientemente, faziam ondinhas na superfície da água.

Às nove horas — 8:57 a.m. exatamente, como indicava o rádio-relógio do quarto em números vermelhos de cristal líquido delicadamente pontilhados — o telefone tocou no meio da escuridão.

As cobertas pesadas estavam jogadas pelo quarto, e nós dormíamos cada um de um lado da cama em um sono profundo. Marie, com os óculos de seda da Japan Airlines sobre os olhos, simplesmente se remexeu nos lençóis, o rosto suado, bem quentinha com uma malha grossa azul-marinho que tinha colocado por cima da camisola para acumular o máximo de calor possível. Era um toque repetitivo e agressivo. Acabei tirando do gancho e, depois de um longo momento, durante o qual eu tentava compreender onde estava, disse *sim* em voz baixa. Uma voz japonesa, um pouco instável e alterada pela emoção, deu início a uma frase comprida envolta em cortesias, da qual dava para entender que era Yamada Kenji e que ele estava nos esperando como combinado às nove horas na recepção acompanhado pelos senhores Maruyama, Tanaka, Kawabata e Morita. O que responder? Eu não disse nada, dei uma olhada nos vestidos de Marie que nos rodeavam, pendurados nas sombras dos baús nas trevas profundas do quarto cujas cortinas estavam fechadas. Senti um momento de hesitação do outro lado da linha, o início de um conciliábulo, sussurros. Um instante, por favor, disse meu interlocutor. Eu continuava sem dizer nada. Ainda não tinha dito nada (além de *sim*) e, sem dizer mais nada, portanto, com a mão cansada, coloquei o telefone no gancho.

Mal tive tempo de pegar no sono de novo, e nem tinha tentado acordar Marie para lhe informar a respeito da ligação, quando o telefone — 9:04 a.m. — voltou a tocar. O aparelho estava do meu lado da cama, ressoando de maneira brusca e irregular na escuridão do quarto. Depois de um instante, com um gemido que parecia pedir arrego, Marie se aproximou de mim por baixo dos lençóis, colou o corpo contra o meu, esticou um braço para o vazio na direção da mesa de cabeceira. Concluí o gesto dela, tirei o telefone do gancho e lhe estendi o fone. Ela foi ainda mais minimalista do que eu, porque, com o telefone na mão, nem disse *alô* nem *sim*, não disse nada, o único testemunho de sua presença era um leve ruído de respiração. Depois, ainda em silêncio — ela ergueu uma mão preguiçosa na direção dos óculos de seda da Japan Airlines que trazia sobre os olhos, e vi seu rosto sonolento escutando na penumbra, eu observava seus olhos que pareciam ir se animando à medida que ela ia tomando consciência do que lhe diziam, até trocarmos um breve olhar de conivência —, ela concordou com a cabeça uma ou duas vezes, depois, com voz aborrecida, disse que tinha entendido, que já estava indo. Colocou o telefone no gancho. Demorou-se ainda um longo instante na cama, indecisa (talvez até a ponto de pegar no sono de novo), depois, levantando, os pés descalços, um fiozinho de camisola branca aparecendo por baixo da malha grossa azul-marinho, caminhou na direção das cortinas e as entreabriu. Voltou na minha direção bocejando para consultar a pasta grossa de couro que continha a lista dos serviços e dos números de telefone do hotel. Pensativa, sentou-se à borda da cama, apertou dois números no teclado do telefone e, em um tom preciso, em inglês, disse que tinha bagagens que precisavam ser levadas para a recepção. Em seguida saiu cambaleando pelo quarto, os óculos da Japan Airlines erguidos na testa, para inspecionar as caixas, verificou as etiquetas, fechou as que estavam abertas. Retirou um por um com cuidado os vestidos pendurados nos baús de viagem e os colocou por um instante sobre a cama, como que em trânsito, abriu uma mala e começou a dobrar os vestidos, a ajeitá-los. Sobre o braço de uma poltrona, vi o vestido de seda azul-noite-estrelada, deslocado e desfalecido, murcho, rasgado na coxa, que parecia agora apagado na atmosfera cinzenta do dia.

Já fazia vinte e quatro horas, quase hora a hora, que tínhamos chegado ao Japão e, observando todas aquelas caixas que Marie preparava e fechava para mandar descer à recepção, lembrei-me da inquietação que eu havia experimentado na véspera, ao passarmos pela alfândega, quando os agentes alfandegários nos tinham parado para inspecionar nossa bagagem — e o medo, muito vívido, com receio de que fossem descobrir o ácido clorídrico que eu transportava. Meu coração batia muito rápido cada vez que o agente alfandegário apontava mais um volume em cima dos nossos carrinhos e pedia que o abríssemos. E o que é que tem dentro daquela caixa ali? perguntava ele com um gesto simples, sem proferir uma palavra. *A dress*, respondia Marie. *Please open*, dizia o agente alfandegário. *It is a dress*, ela repetia, levemente irritada. *Please open*, repetia o agente alfandegário, sem deixar de lado a cortesia, com um toque de firmeza suplementar. A série de quatro presilhas laterais abertas, Marie levantou a tampa de vime do baú em cima do balcão da alfândega, com o mesmo cuidado que teria se estivesse erguendo a tampa do caixão de um amigo morto cujo cadáver tivesse sido repatriado depois de um acidente de trânsito no exterior. O interior da caixa tinha além do mais um ar de mortalha, na qual repousava um corpo transparente e tubular, decapitado e sem pernas, flutuando em um leito de paina cheio de espuma, de pára-choques e de ângulos. Um corpo puramente virtual, estripado e assexuado, estava lá esticado sobre sua almofada de espuma, e trazia uma criação recente de neon rosa em espiral ascendente, justo na cintura, mais amplo no peito, que subia em espiral por todo o corpo inexistente até um decote bem aberto de onde saía, bem embrulhados em diversos saquinhos plásticos, uma rede de fios elétricos e de tomadas. *A dress?* disse o agente alfandegário. *A dress*, disse Marie em voz baixa. *A sort of dress*, ela admitiu, já não mais tão persuasiva, já não mais tão convencida, sob o olhar daquele agente da alfândega, a respeito da universalidade das palavras, dos valores e das coisas.

Os carregadores se apresentaram à porta do quarto, Marie tinha dito que entrassem, dois jovens empregados do hotel de uniforme preto com botões dourados, com um chapeuzinho preto na cabeça que lhes dava ares de fuzileiros navais. Marie, com sua malha azul-marinho, como se estivéssemos em um cruzeiro em uma cabina de luxo de um navio de passeio (eu tinha ficado deitado na cama, e assistia àquela cena irreal se desenrolando à frente dos meus olhos), ia orientando os rapazes dentro do quarto, apontando as malas que era preciso descer e, mais raras, as que deviam ficar. Os carregadores de bagagem começaram a fazer seu trabalho, e, da minha cama, eu os via se movimentar furtivamente pelo quarto com discrição ostensiva, parando para permitir passar Marie, que continuava a ir e vir e a encher as caixas, calculando com os olhos sua trajetória, levantando as malas e as valises sem fazer barulho, carregando-as para o corredor onde iam enchendo aos pouco vários carrinhos grandes dourados. No final eu me levantei e, cruzando com eles no meio do quarto com passos incertos, alcancei o banheiro. Meu rosto, no espelho, estava irreconhecível, as pálpebras e as bochechas inchadas, congestionadas, os olhos minúsculos, mal abertos, lançando um olhar espantado e ausente, nada simpático, nem mesmo comovente, quase maldoso; meus lábios estavam muito ressecados e descascados, rachados, minha língua branca e pastosa, a barba por fazer, o pescoço pontilhado de pêlos grisalhos e negros, duros, dispersos. Eu olhava aquele rosto no espelho, eu olhava aquele rosto já velho e portanto meu, e esse é um estado dos mais difíceis de associar a si mesmo, a velhice, ou pelo menos — porque eu ainda não era verdadeiramente velho, eu faria quarenta anos dali a alguns meses — o fim incontestável das características da juventude perceptíveis sobre os traços de seu próprio rosto.

Depois que as últimas malas se foram, Marie fechou a porta atrás dos carregadores de bagagem e tirou a malha azul-marinho e a camisola, que depositou sobre a cama quando passou por ali, e prosseguiu nua até alcançar a janela para observar por um instante a cidade cinzenta e enevoada através da vidraça. Chovia sobre Tóquio, uma névoa espessa cobria o céu a perder de vista, viam-se alguns telhados planos e antenas ao longe, algumas gotículas de chuva deslizando solitárias sobre o vidro. De cueca no quarto, preparei um chá, enquanto Marie se arrumava. De pés descalços e pensativo, ia derramando devagarzinho a água fervente sobre um saquinho pálido de chá no fundo de uma das xícaras da bandeja do minibar. Com os dedos ligeiramente trêmulos, bebi um golinho de chá quentíssimo, sem dúvida a única coisa que eu conseguiria engolir naquela hora. Dez minutos depois — o telefone só tinha tocado uma vez naquele intervalo e eu próprio respondera que já estávamos indo — Marie reapareceu no quarto. Estava vestida e maquiada. O rosto tinha ar cansado, mas estava metamorfoseado, ela usava uma calça cinza impecável e uma blusa de gola alta preta, uma botinha de couro de cabra com cadarços cruzados. Carregava o sobretudo comprido de couro preto no braço, uma agenda volumosa na mão, seus lábios estavam levemente pintados, usava óculos escuros, um par diferente do da véspera, mais sóbrios, mais refinados. Eu continuava de cueca, sentado na beirada da cama, e folheava uma Bíblia em inglês encadernada em couro azul, que tinha encontrado na gaveta da mesinha de cabeceira. Não estava lendo de verdade, ia virando as páginas, observava os títulos dos capítulos, a inutilidade das epístolas. Fechei o volume distraidamente (não estava com as idéias muito claras) e o larguei atrás de mim sobre a cama desarrumada, e fui me vestir, peguei o frasco de ácido clorídrico no *nécessaire* de viagem e coloquei o sobretudo comprido preto-acinzentado. Saímos do quarto e pegamos o elevador; estávamos lado a lado na cabina de vidro transparente apertada que descia para o coração do saguão do hotel e eu observava os lustres imóveis no *hall* de entrada, três lustres de uma amplitude espetacular, três a quatro metros de envergadura e quase oito a dez metros de altura. O formato evocava garrafas de licor ou de álcool branco, saleiros de cristal Baccarat, garrafões de vinho aéreos com reflexos iridescentes, finos no topo e se alargando cada vez mais à medida que se descia pelo corpo, ficando quase redondos na base, disfarçados, femininos e, apesar do rigor de suas linhas, seu brilho tinha algo de fluido e de aquático e talvez, no final das contas, o que mais lembrassem mesmo fossem gotas d'água gigantescas, ou lágrimas, isso, três lágrimas gigantescas de luz cintilante penduradas no saguão do hotel em uma nuvem de lantejoulas e de madrepérola.

No centro do enorme saguão de mármore do hotel, em volta de nossas malas empilhadas sobre diversos carrinhos dourados, um grupo de cinco homens vestidos com ternos impecáveis aguardava, com óculos escuros ou de grau, com guarda-chuvas e pastas executivas. Um deles (Yamada Kenji, o único que Marie conhecia, gerente da loja Allons-y Allons-o de Tóquio) veio ao nosso encontro a passos largos, com um sorriso cujo bom humor era proporcional ao nosso atraso, que já chegava a quase quarenta minutos, uma eternidade no Japão. Ele se precipitou na direção de Marie para lhe dar as boas-vindas e perguntou logo se ela tinha conseguido se recuperar do cansaço da viagem, se tinha se acostumado ao fuso horário, e então Marie, com a noção do espetáculo, do exagero de que ela guardava o segredo, tirou os óculos escuros com um gesto teatral no meio do grande saguão de mármore e apresentou seu rosto nu sob a iluminação dos lustres, sem vergonha nem nada, sem nada a esconder, que parecia dizer sem se dirigir a ninguém em especial *Você quer saber, então, bom, olha só!*, como se estivesse exibindo alguma cicatriz odiosa, uma ferida purulenta, um herpes no rosto. Os quatro senhores que acompanhavam Yamada Kenji também olhavam para o rosto pálido e cansado de Marie sob a iluminação do saguão e não sabiam o que dizer nem como reagir. Yamada Kenji parecia bem incomodado por ter feito logo de saída uma pergunta tão sulfurosa, e ficou lá constrangido no saguão, a cabeça baixa, enquanto os outros, imóveis, formando uma meia-lua ao redor de Marie, sorriam com discrição assentindo com a cabeça mecanicamente com ar perplexo e compassivo. Marie não se movia, imperiosa, o rosto ainda desvelado à acidez dos olhares. Mas eu também, eu a observava, Marie, observava seu rosto sob a iluminação dos lustres, e é verdade que ela estava particularmente bonita naquela manhã na oferenda silenciosa de sua palidez desarrumada.

Depois que Marie voltou a colocar os óculos, o encontro retomou o curso tranqüilo e aborrecido das reuniões profissionais, e Yamada Kenji nos apresentou às diversas pessoas que o acompanhavam. Cada um daqueles senhores inclinou o corpo e tirou um cartão de visitas do bolso, ou da carteira, ou do porta-cartões, que Marie recebeu com uma mistura de educação e de desenvoltura, erguendo mais uma vez os óculos escuros para ler aqui e ali um ou outro nome nos cartões de visita. Apenas o nome de Kawabata, associado ao físico do personagem, cabelos lisos e rosados à la Andy Warhol e calça de couro justa, pareceu interessar Marie por um instante. Ao lado desse tal de Kawabata, personagem influente, se não diretor, ou diretor adjunto, do Contemporary Art Space de Shinagawa, que sugava placidamente uma cigarrilha e carregava na mão uma misteriosa maleta rígida de lona com monogramas foscos na cor *gun metal sky metallic*, havia uma pessoa do mesmo museu, o sr. Morita, um financeiro, uma pessoa mais inexpressiva de ombros caídos, com óculos pequenos e redondos e um dente de ouro que aparecia de maneira fugaz no fundo da boca quando fazia suas intervenções sucintas. Havia também dois rapazes do Spiral, aparentemente subalternos, subordinados ou estagiários, os dois muito jovens e muito sérios, e até mesmo cerimoniosos, desengonçados dentro de seus paletós com colete, que não estavam grandes demais, mas pareciam velhos demais para eles. De minha parte, eu me postei à sombra de Marie, e simplesmente inclinei os olhos para cumprimentar todo mundo com discrição.

Para nos informar a respeito do programa do dia, Yamada Kenji sugeriu que nos retirássemos para um canto afastado do hotel, onde poderíamos nos servir de café. Nosso grupo começou a se movimentar pelo salão, lentamente, e subgrupos se formaram naturalmente, Yamada Kenji acompanhando Marie, que caminhava ao lado daquele tal de Kawabata de roupa de couro, com sua maleta extrafina que devia custar mais dólares do que podia carregar, e continuava a lhe fazer perguntas, que eram traduzidas escrupulosamente aos poucos. Eu caminhava atrás, com os dois rapazes engomadinhos do Spiral, que sorriam para mim sem proferir palavra (em inglês, digamos, uma conversa das mais agradáveis). A jovem encarregada da missão junto à embaixada da França tinha finalmente se unido a nós (aparentemente, ela tinha ficado escondida por um instante no banheiro, precisamente no momento em que chegamos ao saguão), e caminhava ao meu lado, deixando Marie aos cuidados de seus colaboradores e dos responsáveis pelo museu de Shinagawa. Era uma jovem elegante com um sobretudo comprido de lã crua, que me colocava a par de bobagens tolas e de detalhes inofensivos, como se tivesse sido encarregada de acompanhar o senhor Thatcher durante uma visita oficial. Calça preta e camisa creme, lenço de seda, olhos negros ardentes (pois não tinha nada de loira além dos cabelos), ela me bajulava um pouco com frivolidade e sem conseqüência enquanto atravessávamos o saguão, encostando-se no meu braço e rindo, e retomava o discurso ainda mais bonita com uma frase comprida, erguendo de vez em quando uma sobrancelha inocente para dar ênfase a sua surpresa, ou talvez sua estupefação, em resposta a qualquer objeção que eu nem mesmo tinha feito, que ela simplesmente tinha previsto. Ela podia ter uns vinte e sete, vinte e oito anos, mas parecia freqüentar os meios da diplomacia havia o dobro disso, sua firmeza inegável e seus sorrisos cativantes eram intimidantes. Eu a observava, exausto, passava a mão pelo queixo áspero e mal barbeado, exasperado pela voz animada dela com um quê de charme da língua presa. E onde é que você estava, eu disse, justamente, quando chegamos ao saguão?

Tínhamos nos acomodado em sofás e poltronas de couro preto espalhados em um mezanino que se erguia sobre o saguão do hotel, e haviam nos servido café, não sei quantos cafés e chás tínhamos tomado desde a nossa chegada ao Japão. Diversos documentos estavam em cima da mesinha de centro, pastas grandes de cor alumínio, envelopes de plástico transparente, um mapa do museu de Shinagawa enrolado, fotos, dossiês, sem contar os presentinhos de boas-vindas que Marie tinha desempacotado com educação e morosidade, sem parecer particularmente contente de recebê-los, nem surpresa com o fato, espalhando-os simplesmente sobre a mesa, entre seus invólucros amarfanhados, um lenço, pauzinhos envernizados, bastões de incenso. Yamada Kenji tinha nos entregado o programa do dia, e eu o percorria com os olhos naquela espécie de névoa comatosa que envolvia minha alma. Estávamos na fase da recepção (9 horas às 10 horas, recepção no hotel). Em seguida, no programa, uma visita às salas do museu de Shinagawa para preparar a montagem da exposição, um encontro com jornalistas da revista *Cut*, almoço em um restaurante tradicional, uma sessão de fotos para a capa de uma revista de moda, uma visita ao prédio Spiral, seguida de uma recepção e de um jantar. Eu ia tomando conhecimento de tudo aquilo com um pouco de tédio e de pavor, quando o sr. Morita, ao meu lado, que tinha acabado de colocar seu programa em cima da mesa, começou a falar do terremoto daquela manhã. No mesmo instante, com a menção ao terremoto (nenhum assunto poderia ter tocado cada um de nós de maneira mais íntima), todo mundo começou a participar da conversa, até mesmo o taciturno Kawabata, que soltou uma frase peremptória em japonês, a qual ninguém traduziu para nós, até os dois jovens engomadinhos, que venceram sua timidez para participar do debate. O mais jovem (se é que era possível um ser mais jovem do que o outro), tão reservado quanto bem informado, começou a explicar com um inglês esotérico que, de acordo com as informações divulgadas pelo rádio, uma pessoa havia morrido pela manhã de ataque cardíaco em um vilarejo da península de Izu, onde se situava o epicentro do abalo. A essa afirmação, o imprevisível Kawabata, aprumando-se bruscamente em sua poltrona — ele estava apoiado sobre as costas e uniu as mãos diante do rosto como que para pegar impulso e inclinar-se para frente —, respondeu com mais uma frase peremptória em japonês, e, apesar de, até então, por cortesia para conosco, todo mundo ter se esforçado para falar em inglês ou em francês, a conversa continuou exclusivamente em japonês, cada um agregando um detalhe ou evocando algum outro, fazendo mímica da queda de objetos, de vibrações, de tremores. Nas palavras de Yamada Kenji, o único que continuava a nos traduzir algumas informações de vez em quando, dois abalos tinham ocorrido, um pequeno, horizontal, quase imperceptível, por volta da uma da manhã, e um bem mais forte no início do amanhecer, que tinha causado danos em Tóquio, cortes de eletricidade, atrasos nos trens, desabamentos, vidros quebrados, queda de telhados e de equipamentos de ar-condicionado. Nos dois casos, o epicentro ficava do lado da península de Izu. De acordo com os especialistas, apesar de ter sido claramente impossível fazer o menor prognóstico que fosse sobre o assunto, não havia nenhum risco especial de que outro abalo sísmico importante ocorresse nos próximos dias. Abrindo a pasta para guardar os poucos programas que não tinham sido distribuídos, Yamada Kenji supôs que não devíamos ter sentido o primeiro abalo, bastante fraco, que se produzira naquela noite por volta da uma da manhã, porque deveríamos estar dormindo, e esperava que o segundo, ao amanhecer, bem mais violento, ele achava, que provavelmente tinha nos acordado, não nos tivesse transmitido uma imagem muito ruim de seu país logo na nossa chegada. Não? Ele olhava para Marie. Depois, todo mundo, imperceptivelmente, se calou e se voltou para Marie. Alguma coisa tinha acabado de acontecer, ninguém sabia exatamente o quê, mas todo mundo tinha tomado consciência e se voltaram para Marie. Marie estava imóvel sobre o sofá, a cabeça ereta, o programa do dia na mão, e lágrimas, lentamente, iam escorrendo de debaixo de seus óculos escuros.

As lágrimas escorriam de modo irrefreável sobre as bochechas dela, com a precisão de um fenômeno natural, como a maré alta ou uma garoa fina, e Marie não fazia nada para segurá-las, deixava que corressem sobre suas bochechas, as exibia, sem ostentação, nem pudor. E, enquanto, de coração apertado, eu a observava chorar na minha frente sentada em sua poltrona, eu sabia que tinha sido a lembrança do terremoto que as tinha provocado, porque o terremoto agora estava irrevogavelmente ligado para nós ao fim do nosso amor.

Marie se levantou, pediu a Yamada Kenji que a perdoasse e, aproximando-se de mim sob os olhos de cada uma das pessoas que tentava compreender o que estava acontecendo, todos prontos para intervir para ajudá-la ou apoiá-la, ela apertou meu ombro, de maneira rápida porém firme, e ao mesmo tempo suplicante, e me pediu para acompanhá-la por favor. Eu me levantei e a segui, descemos para o saguão do hotel, não sei para onde estávamos indo, eu a seguia, ela parecia procurar um lugar calmo para conversar. Acabou saindo do hotel, passou pela porta de correr, e, imediatamente, um porteiro coberto por uma capa verde e cinza e com uma cartola a cumprimentou e perguntou se desejava um táxi. Ela prosseguiu sem responder, esperou por mim um instante mais à frente, ainda na plataforma, ao abrigo do alpendre. Garoava lá fora, o céu estava cinzento, dava para ver uma grande avenida deserta à nossa frente, mais abaixo da entrada particular do hotel. Carros passavam, com o farol baixo aceso no meio da leve neblina, alguns táxis, poucos pedestres. Marie não tinha tirado o sobretudo comprido preto, havia levantado a gola e fumava um cigarro sobre a escadaria, em silêncio, com seriedade. Fiquei parado ao lado dela, olhando para o infinito, minha cabeça estava confusa e doía. Ela continuava a fumar, estava pensando. Depois de um longo instante, voltou-se para mim e me disse com dificuldade, com uma voz um pouquinho estrangulada, que concordava com a nossa separação. Não respondi nada. Fiquei olhando para ela, enfiei as mãos no bolso do sobretudo e senti com um tremor o contato do frasco de ácido clorídrico sob os meus dedos. Mas agora eu não posso, ela me disse, agora é difícil demais. Agora não, ela disse, agora não, e agarrou meu braço com força, deixando a mão percorrer e beliscar a lã do sobretudo, fazendo pressão ardente sobre o meu braço para me convencer. Sua voz era firme, quase dura. Agora não, ela me disse, não nestes dias. Nestes dias, eu preciso de você.

Vimos então Yamada Kenji atravessar a porta do hotel com hesitação e nos procurar com os olhos. Quando nos encontrou, dirigiu-se com prudência para onde estávamos com um sorriso aborrecido. No mesmo instante interrompemos nossa conversa, e houve um momento de desconforto, durante o qual ele ficou imóvel à nossa frente manuseando seu programa. Depois, muito sem jeito, ele perguntou a Marie se havia algo no programa que não estava adequado para ela, algo que a tivesse aborrecido. Marie o observou, inescrutável, e, voltando-se de modo fugaz na minha direção, sorriu para mim entre as lágrimas. Não, não, tudo bem, está ótimo o programa, ela disse, meio sorrindo, meio fungando.

No táxi que nos conduziu ao Contemporary Art Space de Shinagawa, peguei a mão de Marie e a apertei com carinho na minha, sentindo o calor dos dedos dela contra a minha pele. A atmosfera estava pesada dentro do carro, a chuva varria os vidros, um limpador de pára-brisa ia e vinha com regularidade no vidro da frente. Ninguém falava nada. Yamada Kenji estava sentado na frente, ao lado do chofer, havia dado o endereço do museu e consultava em silêncio pequenos cartões cor-de-rosa quadriculados sobre os joelhos. A jovem encarregada da missão junto à embaixada francesa olhava de maneira pensativa através da janela, e ela também estava calada, intimidada pelas lágrimas de Marie.

Para chegar à entrada do museu, era necessário percorrer uma centena de metros ao longo de um muro de proteção feito de pedras enormes. O táxi tinha nos deixado na extremidade do caminho, no extenso estacionamento deserto de um hotel. Nosso grupo reconstituído (os outros tinham nos seguido em um outro táxi), começamos a percorrer o trajeto sob uma chuva fina, descemos uma trilha de pedras irregulares e escorregadias que serpenteava embaixo de árvores na direção de um lago.

Avançávamos lentamente protegidos por dois guarda-chuvas imensos, um azulão e outro de um verde intenso, que se destacavam no meio da neblina e que os dois rapazes do Spiral seguravam com zelo desajeitado, iam trotando um de cada lado do grupo pela trilha, esticando o braço para nos abrigar. Atrás do portão do museu, um grande portão metálico controlado por um dispositivo eletrônico (*laser* vermelho, câmera de vigilância). O Contemporary Art Space destoava do cenário campestre em que nos encontrávamos, árvores e laguinhos, veredas cobertas de musgo sob árvores, dava até para ouvir ao longe o canto dos passarinhos e o coaxar das pererecas. A silhueta branca e alongada do edifício aparecia no fundo de um parque, paredes afuseladas e placas de alumínio ondulado que davam ao prédio um ar de hangar aeronáutico ou de laboratório de alta tecnologia. A porta, de vidro semi-opaco, abria-se para um grande *hall* de entrada em mármore preto, onde ficamos esperando alguns minutos, antes de sermos recebidos pelo diretor do museu, barba grisalha e paletó em *pied-de-poule* combinando com a calça, com surpreendentes tênis Puma brancos vistosos, um felino estilizado em cada pé pronto para dar o bote à menor desatenção. Ele nos conduziu aos escritórios do museu por uma porta camuflada e nos levou a uma sala reservada pegada a uma sala de controle, cuja porta estava entreaberta, onde vimos fileiras de monitores de vídeo na penumbra. Todos nos acomodamos em sofás, ao redor de uma mesa baixa preta e envernizada, e logo uma funcionária apareceu às nossas costas com uma bandeja para nos servir um chá verde. Colocou uma tigelinha na frente de cada um de nós e se retirou em silêncio. Ninguém dizia nada, ninguém sorria. O pranto de Marie tinha esfriado todo mundo, só o diretor do museu ainda não tinha sido escaldado e parecia à vontade e quase alegre, confortavelmente acomodado, as pernas cruzadas no sofá. *First time in Japan?* perguntou ele a Marie com uma voz autoritária. Nenhuma resposta. Marie, imóvel, com óculos escuros de lentes muito negras sobre os olhos, olhando diretamente para frente com um ar teimoso, parecia não se preocupar nem um pouco com a pergunta, não sabíamos nem mesmo se ela tinha escutado. Não, ela acabou dizendo, em francês, sem se esforçar nem um pouco. Aquilo jogou um balde de água fria na platéia, cada um se remexeu no assento, mas não foram feitas outras perguntas, a conversa estava terminada. Eu gostaria de ver as salas, ela disse.

Marie ia caminhando alguns metros à nossa frente em uma sala de exposição imensa e deserta, sozinha, com seu sobretudo comprido de couro preto, os óculos escuros erguidos sobre a testa, a agenda na mão. De certa maneira, ela tinha conseguido o que queria, tinha imposto o silêncio e o respeito necessários a sua concentração, por meio de suas lágrimas e da secura de tom, e não pela superioridade sorridente que ela costumava apresentar em geral a seus interlocutores (mais eficaz, mas para a qual ela não tinha forças ou flexibilidade para aplicar naquele dia). E o resultado estava lá, todo mundo de sobreaviso, ninguém ousava abordá-la nem lhe dirigir a palavra, e ela podia se deixar levar por seus pensamentos como se estivesse sozinha no museu. Nós a seguíamos a distância, falando em voz baixa, intimidados tanto pela amplidão das salas vazias que atravessávamos, que fazia nossos passos ecoarem sobre o assoalho, quanto pela presença forte, determinada e silenciosa de Marie à nossa frente. Havia quase trezentos metros quadrados de espaço de exposição divididos em quatro salas (A,B,C,D) de formatos diferentes, duas retangulares, uma pentagonal e uma octogonal, a menor de sessenta metros quadrados e a maior de cento e dez metros quadrados. Eram todas brancas e estavam desertas, impressionantes de tanta nudez, embebidas em uma luz nebulosa que provinha de aberturas estreitas no teto, através das quais dava para perceber um céu cinzento e tumultuoso carregado de nuvens pesadas de chuva. Uma bateria de luzes artificiais sofisticadas se sobrepunha ao dispositivo, compostas de cilindros translúcidos direcionáveis fixados no alto das cimalhas, de cujas lâmpadas saía uma luz quente amarelada de lanterna japonesa tradicional.

Marie parou no meio da sala maior. Tinha arrancado uma folhinha da agenda e, usando a capa do caderninho como apoio, isolada no aposento (eu fui o único que dei alguns passos em sua direção, os outros ficaram na entrada e voltaram atrás, dando meia-volta discretamente para deixá-la sozinha), ia traçando esboços, uma planta sumária do espaço, retângulos para representar as salas, quadrados, flechas que eu não era capaz de decifrar. De quando em vez, erguia a cabeça e refletia, examinava as paredes como que em busca de inspiração e completava seu esboço, ligava uma flecha a uma palavra escrita em maiúsculas, que sublinhava uma ou duas vezes. Saí da sala e me juntei aos outros no *hall*. O diretor nos convidou para subir ao primeiro andar, e atravessamos uma passarela de vidro suspensa sobre o *hall* para entrar em uma sala mal definida, que abrigava uma imensa biblioteca invisível de catálogos de exposição e de publicações de arte escondidas em gavetas japonesas compridas de madeira branca, que o diretor do museu ia abrindo pouco a pouco à nossa frente cheio de tédio para fazer a demonstração de seu sistema de arrumação. Eu o observava abrindo e fechando aquelas gavetas como se fosse um mágico preguiçoso, e pensava em outra coisa (estava cansado, me sentia febril).

Tínhamos voltado à sala ao lado da entrada, alguns se sentaram novamente para tomar chá ou conversar, outros permaneceram em pé e folheavam catálogos com ar pensativo. Eu fiquei passeando pela sala e observando os cartazes das exposições do museu, e fui dar uma olhada na sala de controle, onde estava um rapaz, de costas para mim, que trabalhava na frente de um computador. A sala era mal iluminada, com sensores luminosos e alavancas de regulagem, tinha ares de estúdio de mixagem ou de ilha de edição de uma sala multimídia, com telas de controle de mais de uma dezena de câmeras de vigilância que transmitiam planos fixos em branco e preto acinzentados. Examinando o conjunto, percebi que as telas da fileira superior correspondiam às câmeras de controle que filmavam as imediações do museu, duas estavam fixadas no portão externo e transmitiam imagens nevadas da trilha deserta que descia em direção ao lago, e duas na entrada, uma virada para o parque sob a chuva, e uma orientada na direção do *hall* da recepção em mármore preto, com aquela imagem fixa característica desse tipo de enquadramento do alto em que os personagens que se identifica na tela freqüentemente se parecem com vítimas escolhidas ou mortos virtuais.

A outra fileira de telas chamava atenção pelo rigor extremo, os outros monitores transmitiam imagens brancas muito luminosas que, à primeira vista, podiam passar por perfeitos monocromos hipnóticos, mas, se os olhos se concentrassem por um instante nos detalhes, era possível distinguir arestas e rodapés e reconhecer que se tratava de vistas diferentes das salas de exposição desertas do museu. Eu estava observando fixamente aquela fileira de telas brancas que cintilavam ligeiramente, quando vi de repente Marie aparecer na cena, uma silhueta solitária que eu vi se mover lentamente na minha frente na tela. Ela passava de uma tela à outra como se estivesse flutuando, sobretudo preto sobre fundo branco, desaparecendo em uma e surgindo na outra. Às vezes, de modo fugaz, estava presente em duas telas ao mesmo tempo, depois, da mesma maneira fugaz, não estava presente em nenhuma, tinha desaparecido, e, imediatamente, era estranho e até um pouco dolorido, eu sentia saudade dela. Eu sentia saudade de Marie, tinha vontade de revê-la. Ela reaparecia então, estava de novo na imagem, tinha parado no meio de uma sala. Entrei no recinto e me aproximei da tela, bem pertinho, os olhos a alguns centímetros de seu brilho eletrônico, e vi — quando ela ergueu os olhos na minha direção para dirigir um olhar neutro em direção à câmera de segurança — nosso olhar se cruzou por um instante. Ela não sabia, ela não tinha me visto — e era como se eu tivesse acabado de tomar consciência visual de que tínhamos nos separado.

Saí da sala de controle cambaleando, minha cabeça girava. Meus olhos ardiam por ter fixado a tela com tanta intensidade e minha visão se embaçava sob pontos brancos que espocavam; eu me aproximei da jovem encarregada da missão junto à embaixada francesa e perguntei se poderia por favor chamar um táxi para mim. Eu devia estar pálido, porque ela me perguntou se estava tudo bem. Eu disse que não, que eu não estava bem, que estava cansado, com certeza era o fuso horário, e que eu preferia voltar para descansar no hotel. Deixei-me cair sobre uma poltrona e não me mexi mais, transpirando pesadamente dentro do meu sobretudo grosso preto-acinzentado, e percebi que todo mundo me olhava de soslaio. A moça voltou para me dizer que tinha mandado chamar um táxi e que ele estava chegando, perguntou se eu queria que alguém me acompanhasse. Assenti com a cabeça fracamente, disse que sim, que era gentil da parte dela. Saímos juntos do museu, voltamos pela trilhazinha que conduzia ao estacionamento debaixo de um pé-d'água. O lugar estava deserto, atravessado por enxurradas turbilhonantes e rajadas de vento. O táxi dava voltas ao longe sob a chuva, indeciso, sem entrar no estacionamento. A moça caminhou em direção a ele a passos firmes, agitando o braço no ar com seu sobretudo comprido todo molhado. O táxi se imobilizou embaixo de uma árvore, ela disse algumas palavras em japonês para o chofer enquanto eu me ajeitava no carro. O táxi deu a partida e eu me virei para trás, vi sua silhueta isolada sob a chuva através da janela traseira embaçada do táxi. Eu ainda não sabia, mas seria a última vez que eu a veria.

Ao sair do táxi, subi imediatamente para o quarto no décimo sexto andar do hotel. O quarto tinha sido arrumado durante nossa ausência e tinha retomado ares de quarto de hotel comum depois de nossos cento e quarenta quilos de bagagem terem desaparecido. As camas estavam feitas, as cortinas abertas, e uma penumbra cinzenta e opaca entrava no aposento. As roupas que estiveram jogadas no chão tinham sido dobradas, as meias brancas com listrinhas em vermelho e azul que tínhamos largado de qualquer jeito embolotadas em cima do carpete tinham sido recolhidas e cuidadosamente colocadas sobre a penteadeira. O quarto estava abafado, e fui desligar o aquecimento; quis abrir toda a janela, mas o batente estava vedado. Puxando um dos vidros verticais, só dava para conseguir uma abertura fininha de dois ou três centímetros. Bem que tentei forçar a alavanca articulada de segurança para abrir a janela envidraçada, mas foi em vão. Fui me deitar na cama, não agüentava mais. Não tinha tirado o sobretudo, e estava empapado de suor, me sentia febril, estava com o nariz entupido, fungava, me levantava a toda hora para ir assoar o nariz no banheiro. No final, cansado de ir e vir do quarto, trouxe o rolo de papel higiênico comigo, e coloquei em cima da mesinha de cabeceira. Eu assoava o nariz sem parar, deitado na cama, e uma coleção de fragmentos de papel higiênico amarrotado crescia ao meu lado, um amontoado de bolas amassadas que se acumulavam sobre o carpete. Passei a manhã toda daquele jeito. Tentava fechar os olhos e dormir, mas não conseguia dormir, estava agitado demais. Deitado de barriga para cima, observava o teto, imóvel, os pés cruzados em cima da cama, as mãos nos bolsos do sobretudo. Eu não tinha perspectivas. O que é que eu faria durante aqueles dias em Tóquio? Nada. Me separaria. Mas a separação, eu comecei a perceber, era mais um estado do que uma ação, mais um luto do que uma agonia.

Saí do quarto no início da tarde com uma bolsa de viagem contendo o mínimo necessário, duas camisas, algumas camisetas, meu *nécessaire* de viagem. Chegando ao saguão, fui trocar dinheiro na recepção. Tinha preenchido um formulário, apresentado meu cartão de crédito no balcão de câmbio, e um funcionário me entregara duzentos mil ienes em dinheiro, um maço de vinte notas de dez mil ienes novas, lisas e macias, em um envelope pardo do tamanho exato das notas. Tirei-as do envelope, recontei-as, fazendo os dedos deslizarem pela superfície sensual das cédulas, e dividi o maço em três, fiquei com duas notas, arranjei outras oito entre as páginas do meu passaporte, e deixei as dez últimas dentro do envelope. Agachei para abrir minha bolsa de viagem no saguão e guardei o envelope, dobrado no meio, em um dos compartimentos do meu *nécessaire*. Saí do hotel sob a chuva, caminhei uma dezena de minutos pelas ruas cinzentas, antes de descer os poucos degraus de uma entrada de metrô afastada da estação de Shinjuku. Segui quilômetros de passarelas rolantes em corredores subterrâneos. À medida que ia me aproximando da estação, a multidão se adensava e eu continuava caminhando por corredores úmidos intermináveis. Diversos mendigos tinham invadido os corredores do metrô, e estavam instalados ao longo das paredes, embaixo de coberturas ou dentro de simples caixas de papelão, em barracas improvisadas, em cima de colchões velhos cheios de manchas arredondadas de gordura ou de sinais de mijo, panelas largadas no chão, uma calça secando, cordinhas, latinhas vazias, pratos de comida com divisórias empilhados, cães imóveis, caras de retardados, um fedor fumarento de umidade, um cheiro infecto de corredor de metrô e de animal molhado que fazia subir à narina lembranças inesperadas de Paris.

Tinha consultado um mapa do metrô antes de sair, e diversas possibilidades se apresentavam: eu podia tanto pegar a linha Yamanote do J.R., que descia em direção ao sul e depois subia para dar a volta completa na cidade, quanto o metrô, a linha Marunouchi, cujo símbolo era uma fita fina cor de carmim. Eu não tinha preferência, e me deixei guiar ao acaso pelas voltas dos corredores e dos movimentos da multidão enquanto espiava as inscrições nas placas. Reparei primeiro no fio vermelho da linha Marunouchi, e o fui desenrolando, por assim dizer, de placa em placa, seguindo os corredores e as escadas rolantes até a plataforma. Depois de uns quinze minutos de trajeto em pé em um vagão abafado (estava tão quente que acabei tirando o sobretudo e fiquei segurando-o pendurado no braço, dobrado), desci na estação Tóquio. Subi as escadas rolantes e me vi mais uma vez perdido em uma estação imensa, de dimensões comparáveis à de Shinjuku, com diversos andares de galerias comerciais conectados por elevadores de vidro. A cabeça dolorida e a testa febril, eu avançava pelo labirinto de uma galeria subterrânea abarrotada de lojas de todos os tipos. Ali havia tanto agências de viagem quanto entradas de lojas de departamentos, livrarias enormes abertas para fora e salões de cabeleireiro minúsculos com seu sifão retorcido azul e vermelho, cafés, bares, dezenas de restaurantes com seus cardápios do dia e seus pratos na vitrina, representados por miniaturas esculpidas em cera multicolorida, com cara de acessório para brincar de casinha, de *sushi* de brinquedo. Subi diversos lances de escadas rolantes e continuei avançando no meio da multidão em busca do saguão de embarque dos Shinkansen. Tudo era admiravelmente bem indicado, e menos de cinco minutos depois, estava de posse de minha passagem de trem.

O Shinkansen, um longo pássaro branco e afunilado, acabara de sair da estação de Tóquio, e atravessava lentamente um viaduto bem no coração da cidade. Eu tinha encontrado um lugar perto da janela em um vagão sem lugares reservados, e via as janelas iluminadas dos prédios de escritório que desfilavam no mesmo nível do trem na atmosfera acinzentada chuvosa do dia, enquanto contornamos com velocidade fraca o Fórum internacional, cuja curva côncava casava perfeitamente com o contorno dos trilhos. Nos alto-falantes do trem, uma voz crepitante deu as boas-vindas em japonês e em inglês, enunciou a lista de estações onde o trem pararia, Nagoya, Kyoto, Shin-Osaka, Shin-Kobe. Eu não tinha vizinho, e coloquei a bolsa e o sobretudo ao meu lado. Na fileira de três assentos mais próxima encontrava-se um homem sozinho de camisa branca e gravata e que lia o jornal, só de meias nos pés. Pouco a pouco, o trem foi pegando velocidade, tínhamos trocado o centro de Tóquio por subúrbios que se estendiam no meio da neblina, filetes de água escorrendo pelas janelas. Percorríamos zonas industriais e concentrações de casas cinzentas com telhado coberto de antenas. Eu olhava pela janela sem pensar em nada, testemunha passiva daquela compreensão do espaço e do tempo que dá a sensação de estar assistindo ao passar do tempo através das janelas dos trens enquanto a paisagem desfila.

Eu não tinha almoçado, e, depois de observar distraidamente as moças com blusa verde-claro que passavam pelo trem oferecendo com voz mecânica e inumana pratos feitos, bebidas ou sorvetes, daquela maneira tão particular de apresentar o produto na mão, como se fosse um programa, minúsculos potinhos de sorvete de baunilha ou de chá verde, ou pratos com divisórias contendo refeições embalados como se fossem presentes, fiz uma moça parar no corredor e comprei um prato feito. Não tinha escolhido e fiquei um pouco decepcionado, quando abri o presente, ao encontrar, ao lado dos pauzinhos e do molho de soja fechado em um pequeno frasco de plástico com uma tampa liliputiana vermelha, oito retângulos de arroz idênticos enrolados em folhas de algum vegetal. Cutuquei um dos rolinhos, abandonei o prato sobre a mesinha. Cruzei os braços sobre o peito, fechei os olhos e tentei dormir. Cochilava, imóvel sobre a minha poltrona, e me perguntava vagamente o que iria fazer em Kyoto.

Muito cedo, por volta das cinco horas da tarde, a noite começou a cair, e caiu de uma vez, quase sem transição. Do trem iluminado, já não dava mais para distinguir muito bem as paisagens através das janelas, imensas plantações de arroz no meio da escuridão, perfis montanhosos, de vez em quando, ao longe, os pontos brancos de uma aglomeração. Quando o trem diminuiu a velocidade para parar em Nagoya, seguiu o traçado retilíneo de um viaduto e deu para avistar a cidade lá embaixo, as lojas iluminadas e o piscar da confusão de luminosos em neon dos *pachinkos*, das fachadas de hotel e das placas publicitárias no meio da noite. O trem parou na estação de Nagoya. Uma centena de colegiais com uniforme preto abotoado até o pescoço aguardava sobre a plataforma, alunas do ensino médio de saia cinza e paletó azul, gravata vermelha, pernas grossas, cachecóis pesados e meias brancas compridas, e que se dirigiam em grupos de três ou quatro para a saída. Eu estava olhando através da janela, com o rosto colado no vidro, e, de repente, uma dessas jovens me deu tchauzinho com a mão quando passou. Fui tirado do meu torpor bruscamente, pego desprevenido, e estava me preparando para erguer a mão e retribuir, mas ela já não estava mais lá, tinha desaparecido, e o esboço de um sorriso ficou em suspenso sobre os meus lábios, quase explodindo para servir de testemunha do meu reconhecimento, mas já não havia mais ninguém na plataforma, e meu rosto voltou a ficar rígido e impassível, distante, cansado.

    Quando o trem chegou a Kyoto, desembarquei na plataforma, olhei em volta, hesitei. Com a bolsa de viagem na mão, peguei a escada rolante e saí da estação. Estava escuro. Eu não sabia para onde ir. Tinha receio de ir até o guichê de turismo, e continuei a caminhar ao acaso sobre a plataforma. Tirei a caderneta de endereços do bolso do sobretudo e me assegurei de que tinha o telefone de Bernard. Procurei um telefone público e achei um em uma cabine com portas mal planejadas, que abriam para dentro. E enfiei-me por entre as duas lâminas que a compunham e deixei que se fechassem às minhas costas, coloquei a caderneta em cima da placa de metal das listas e digitei o número de Bernard. Ouvi toques fracos ao longe através do aparelho e, depois de um momento, percebi que alguém atendia. No mesmo instante, reconheci a voz de Bernard, que continuava falando em voz baixa, pausadamente, como em um sussurro abafado permanente, o que lhe garantia um grande poder de persuasão, aliás, quando dava para ouvir. Disse a ele que estava em Kyoto e ele não pareceu ter ficado especialmente surpreso. Achei que ia perguntar se eu estava com Marie, mas não, não mencionou Marie; talvez por pudor, ou por indiferença, perguntou simplesmente em que hotel eu estava hospedado. Disse que tinha acabado de chegar e que ainda não sabia; ele me convidou para jantar na casa dele, e até dormir lá se quisesses, e disse que podia me hospedar durante alguns dias. Agradeci, estava confuso (tem certeza de que não vai atrapalhar, eu disse a ele, e ele apenas me perguntou, com uma voz em que dava para identificar um sorriso, se eu estava resfriado).

Peguei um táxi e indiquei ao chofer, com minha voz anasalada (que me garantia afinal a pronúncia correta em japonês), não o endereço de Bernard, mas sim o nome da estação de metrô mais próxima. Quando o táxi me deixou na frente da estação, fiquei na guia da calçada da avenida, com a bolsa de viagem na mão. Estava escuro, garoava. Havia diversas saídas de metrô, e Bernard não tinha especificado em qual delas deveríamos nos encontrar, mas eu reconheci o lugar vagamente porque já tinha estado lá alguns anos antes, e pressentia que seria em uma ruazinha que se enxergava ao lado das aberturas iluminadas de branco e azul da estação que eu o veria aparecer. E de fato ele surgiu quase como a continuação do meu pensamento, saindo da ruazinha debaixo de um guarda-chuva, e olhando pausadamente ao redor de si mesmo, varrendo o horizonte com os olhos. Viu que eu estava lá e atravessou a rua para me cumprimentar com sua voz suave e uniforme. Começamos a caminhar, e Bernard sugeriu que fôssemos a uma loja de departamentos próxima para fazer algumas compras para o jantar. No subsolo da loja, enquanto trocávamos informações mínimas na frente dos compartimentos refrigerados (fazia três anos que não nos víamos), ele escolheu costeletas, e me perguntou o que eu queria beber. Com costeletas, talvez um tinto, completou em voz baixa. É, pode ser, respondi. Pode ser. Deixei que ele escolhesse uma garrafa de vinho tinto, um Médoc, ele continuava a encher a cestinha com artigos diversos, também para o café-da-manhã do dia seguinte, café, pão de forma sem casca fatiado, geléia de laranja. O único desejo que exprimi, antes de sairmos da loja, foi de comprar cogumelos, tipos diferentes de cogumelos nas bandejinhas de plástico abertas, em buquês de cabecinhas minúsculas ou em grandes lâminas parecidas com as de um cogumelo *chanterelle*. Estava com vontade de comer cogumelo. Pronto.

Bernard morava em uma casa japonesa tradicional, de madeira, de um andar. Passado um quintalzinho externo, onde uma bicicleta repousava apoiada em uma parede no meio da penumbra de um jardinzinho, entramos na cozinha, uma peça espaçosa com chão de concreto, adjacente à peça principal.

Depois de tirarmos os sapatos, subimos dois degraus, ainda de sobretudo, abaixando a cabeça para passar pela divisória da porta de correr que abria para a sala, e avançamos de meia sobre os tatames, o corpo ligeiramente inclinado. Bernard me levou até meu quarto, grande, completamente vazio. Deixei ali minha bolsa encostada na parede, e voltamos para tomar um aperitivo na cozinha, colocando e tirando os sapatos cada vez que chegávamos ao posto de fronteira simbólico que separava a sala da cozinha. Esta, gelada no inverno, toda aberta, era impossível de aquecer um cômodo. E eu tinha ficado de sobretudo, acomodei-me sobre uma cadeira dobrável no canto da mesa e coloquei a palma das mãos sobre a grade avermelhada do aquecedor auxiliar fixado sobre um botijão de gás, que Bernard tinha acendido. Bernard serviu-se de um *pastis* e preparou um Efferalgan para mim, e beliscávamos pistaches e ostras, que ele tinha colocado — diretamente do saquinho de plástico transparente em que estavam embalados — de qualquer jeito em uma tigelona envernizada vermelha e preta. As ostras, sem casca, oleosas e melequentas, em tons de jade e de madrepérola, se empilhavam umas sobre as outras no fundo da tigela, e deslizavam displicentes entre meus pauzinhos inexperientes e escorregadios até chegar à minha boca, frescas, iodadas, deliciosas. De vez em quando, eu largava os pauzinhos e guarnecia minhas ostras com um golinho de Efferalgan. Bernard, que estava de costas para mim, com um casaco de zíper, preparava as costeletas em um antigo fogão a gás, ao lado de uma pia, que ficava um nível acima de uma mesinha cheia de acessórios de banheiro, escovas de dente e loções, embalagens de aerossol, espumas de barba. Virando as costeletas e deixando os cogumelos refogar no fogo, ele veio em minha direção para colocar a toalha, trouxe os pratos e o pão, e eu ajudei a distribuí-los sobre a mesa, tirei da frente uma garrafa plástica de chá Oolong tampada e alguns jornais velhos, que coloquei ao meu lado sobre os degraus. Sentamo-nos à mesa. Bernard tinha colocado a frigideira e as duas travessas de cogumelos em cima da mesa e repartido as costeletas nos pratos com o garfo (para mim, só uma, eu não estava com fome). Abriu a garrafa de Médoc, serviu meia taça para cada um de nós com moderação, e perguntou com sua voz suave e sussurrante se eu tinha sentido o terremoto daquela manhã, parecia que tinha sido uma bela sacudida em Tóquio, disse, colocando a garrafa em cima da mesa. Não respondi. Parei de comer, coloquei o garfo na mesa. Não me sentia muito bem. Bruscamente, a lembrança do terremoto fez com que me subisse à alma um turbilhão de emoções desordenadas, e, apesar de não haver nada de indiscreto na pergunta de Bernard — mal tinha sido uma pergunta, e nem um pouco pessoal —, senti meus olhos queimarem e pedi licença, levantei-me e fui tomar um ar no jardim.

Talvez, se Bernard tivesse perguntando como ia Marie, na rua quando nos encontramos, ou agora, durante o jantar, eu tivesse simplesmente respondido que ela tinha ficado em Tóquio, e teríamos simplesmente ficado lá, não teríamos falado mais muita coisa (eu teria até demonstrado reticência em falar mais se ele tivesse continuado a me interrogar sobre o assunto). Mas, como ele não me perguntou nada, e como Marie era o único assunto que ocupava meus pensamentos desde aquela manhã, eu não pude evitar ser o primeiro a falar quando voltei para a cozinha. E, ao pronunciar o nome de Marie com aquela voluptuosidade secreta que existe quando se evocam em público aqueles que amamos (eu falava dela da maneira mais normal do mundo, com o tom mais indiferente possível, para dizer simplesmente que ela tinha ficado em Tóquio porque estava preparando uma exposição), senti aquela leve vertigem que sentimos ao nos aproximar de propósito do perigo, sabendo com toda certeza que não há nenhum risco, porque eu era o único que conhecia a questão dilacerante da nossa relação.

Perguntei a Bernard se eu podia passar um fax, e ele, colocando os talheres na mesa, desapareceu na sala para ir buscar uma folha de papel e algo com que escrever (descalçou-se e calçou-se em silêncio com uma fluidez natural, com uma espécie de facilidade inconsciente em relação aos deslocamentos e aos gestos). Voltou à cozinha e me estendeu um bloco de papel e um pincel (de brincadeira, com um sorriso cuidadoso, para o caso de eu querer escrever meu fax a mão). Sorri e peguei o pincel. E por que não, disse. Afastei meu prato para um canto da mesa, e, empunhando o pincel, comecei a traçar de modo desajeitado a minha mensagem em grossas letras de tinta preta. Quando terminei, Bernard me conduziu ao andar de cima da casa para passar o fax. Mais uma vez tiramos os sapatos, eu não tinha absolutamente a mesma facilidade que ele na execução daquele ato, e, pesadamente sentado sobre os degraus, desamarrei os sapatos um depois do outro antes de virar o corpo com dificuldade para me levantar e prosseguir de meia sobre os degraus estreitos e escorregadios da escada. No andar de cima, ele me conduziu até o escritório, onde reinava uma luz quente acobreada. O telefone estava no chão, em um canto da peça, e ele explicou rapidamente como funcionava antes de descer. Li mais uma vez o recado, que tinha ares de carta anônima ameaçadora com suas grandes letras pretas traçadas com pincel: *Marie, estou em Kyoto na casa do Bernard. Não me espere*. Peguei uma caneta na escrivaninha e assinei o recado, coloquei o número do quarto dela na margem superior: *Room* 1619. Fiz a folha deslizar para dentro do aparelho, digitei o número do fax do hotel e enviei. Fiquei imaginando, então, observando tristemente a folha desaparecer no aparelho, que, se Marie não estivesse no hotel naquele momento, quando voltasse, encontraria o aviso sinistro *You have a fax. Please contact the central desk*, mensagem que estaria brilhando sobre a tela azul do televisor do quarto vazio.

Desci a escada com cuidado para me juntar a Bernard, que tomava café na sala, fiz com que o *fusuma* deslizasse devagarzinho para entrar, e o fechei atrás de mim. O aposento estava quente, calafetado, as portas de correr fechadas de todos os lados. Sentamo-nos no chão em cima de uma coberta aquecida, ao lado de uma mesinha baixa cheia de jornais e de trecos diversos, e tirei o sobretudo, que coloquei ao meu lado, enrolado, em cima da esteira. Bernard se ajoelhou para abrir um armário na parede e tirou dali uma garrafa de uísque antiqüíssima, serviu um copo para si mesmo e me ofereceu um, aceitei um golinho para o resfriado. Tinha guardado a garrafa, escolheu um CD que assoprou antes de colocar no leitor. De vez em quando dávamos um golinho no uísque, de meias em cima da esteira, Bernard sentado de pernas cruzadas e eu com as minhas esticadas, com o copo na mão. Eu tinha aberto o *Japan Times* do dia e o folheava em silêncio, as páginas desdobradas ao meu lado em cima do tatame (na última página, havia uma foto do *sumotori* Musashimaru em uma posição horrorosa, porra). Bernard, bebericando o uísque de vez em quando, explicou que precisava sair bem cedo na manhã seguinte (lecionava em uma universidade afastada e a primeira aula era às nove horas), com certeza só voltaria à noite. Deu algumas instruções a respeito da casa, levantamos e atravessamos o quarto no escuro para ele me indicar o banheiro, onde ele colocou uma toalha e uma toalhinha em cima de um banquinho para mim, depois, no fim do corredor, mostrou-me o toalete tradicional, que eu teria classificado de turco se não fosse tão evidentemente japonês. Ele bem que poderia me dar as chaves da casa, mas não serviriam para nada, ninguém jamais trancava a porta, explicou (o único risco, se o fizesse, era não conseguir mais entrar). O telefone, eu tinha visto, ficava no andar de cima no escritório; ele deixaria a bicicleta comigo, eu podia usar, ele explicou, enquanto percorríamos a penumbra da passagem que levava a um jardim interno (nenhuma recomendação especial em relação à bicicleta, você sabe qual é o princípio dos pedais, não é mesmo, disse ele com malícia — dava para ver que era pedagogo —, e a gente anda pela esquerda no Japão, completou, sério, sem se virar).

No dia seguinte, acordei em uma casa silenciosa. Estava deitado em cima de um *futon* no meio de um quarto vazio e desconhecido, em tons naturais e antigos, palha e arroz, e respirava com dificuldade, parecia que o meu resfriado tinha invadido a testa e se propagado na cavidade nasal. Estava gelado e úmido no quarto, e eu não me levantei de imediato. Fiquei deitado de barriga para cima ouvindo a chuva cair, uma chuva leve mas surpreendentemente ruidosa, como que amplificada pelos ecos das superfícies ocas sobre as quais caía, ressoando em um murmúrio permanente de tamborilar sobre as telhas, pingando das calhas e dos galhos. Ouvia até, de vez em quando, a explosão ínfima de uma única gota sobre a superfície arredondada de uma pedra. O quarto dava para uma passagem interna com paredes envidraçadas, que circundava toda a casa, e, da minha cama, deitado no meio do quarto, eu via um jardinzinho com musgos e alguns arbustos, uma faixa estreita de céu acinzentado em cima de um telhado de telhas azuis em forma de pagode, templo oriental. O jardim estava envolto por uma bruma pesada e baixa, estagnada em suspensão no ar cinzento e úmido. Me curvei para fora da cama para pegar meu relógio e li onze horas e quinze no mostrador, uma hora que não correspondia a nada para mim, que não evocava nada de especial: podia ser oito horas ou três horas, daria tudo no mesmo, portanto eu não esperava nada de excepcional de hora nenhuma.

Não saí de casa naquele dia. Depois de uma visita cuidadosa de inspeção ao primeiro andar, trajando só cueca e camiseta, sem fazer barulho nas escadas (uma olhada rápida no quarto de Bernard para me certificar de que não havia ninguém, uma pausa mais demorada no escritório, onde dei uma folheada distraída nos papéis jogados em cima da mesa), desci para fazer um café, me joguei na sala e fiquei lendo umas revistas velhas, sentado no chão em cima da esteira, com uma coberta em cima dos ombros. Às vezes, eu espirrava e destacava um fragmento de um rolo de papel higiênico para assoar o nariz. Eu me sentia mal, tinha calafrios. Acabei voltando a me deitar, febril, sentindo as extremidades do corpo inchadas.

* * *

As horas passavam. Parara de chover, eu voltava a dormir, acordava, já não sabia mais muito bem o que se passava. Não fiquei fazendo nada em especial, não saí do quarto, transpirava, a testa quente, a alma vazia. Eu estava largado naquele estado de fraqueza e de febre. Fiquei horas na cama, embaixo da colcha grossa do *futon* bem enrolada em volta dos ombros, saboreando a fragilidade do meu peito, a apatia dos meus membros, me refugiando no fundo do edredom para me impregnar de sua maciez e de sua quentura. Levantava de vez em quando, ia cambaleando até a cozinha para fazer um chá, que tomava quentíssimo na cama para exorcizar os calafrios. Comia minúsculos pedaços de maçã que descascava sem força no quarto, colocando as cascas ao meu lado em um pires. Levantava para fazer xixi, com o pau franzido, dolorido, frágil, como se ele também estivesse febril. Tiritava de frio de pés descalços na passagem, voltava rapidamente para me deitar e me enrolar embaixo das cobertas para me esquentar. Considerava aquele esfriamento como uma fatalidade, um luxo, uma experiência. Não me vesti o dia todo, não fiz a barba, fiquei divagando na cama, com os olhos no teto; me encolhia embaixo do acolchoado, cochilava alguns instantes, preparava remédios efervescentes que engolia com uma careta, tratava de extrair do meu corpo enfraquecido e em sofrimento prazeres desconhecidos, sensações inéditas, apesar de, no que diz respeito à aprovação dos sentidos, eu continuasse preferindo as carícias da água ou a maciez das mulheres aos sutis requintes da gripe e da febre que eu tentava em vão apresentar ao meu corpo dolorido.

* * *

As horas eram vazias, lentas e pesadas, o tempo parecia ter parado, não acontecia mais nada na minha vida. Não estar mais com Marie era como se, depois de nove dias de tempestade, o vento tivesse parado de soprar. Cada instante, com ela, era exacerbado, enlouquecido, tenso, dramático. Sentia permanentemente sua força magnética, sua aura, a eletricidade da presença dela no ar, a saturação do espaço nos lugares em que ela entrava. E agora mais nada, a calma da tarde, o cansaço e o tédio, a sucessão das horas.

De vez em quando, o telefone tocava e eu deixava tocar. Nas primeiras vezes, fiquei preocupado de ficar ouvindo o telefone tocar no andar de cima, sentia uma espécie de tensão por não ir lá atender, uma opressão crescente à medida que o toque continuava a ressoar no vazio. Depois me acostumei, e deixei o telefone tocar quanto tempo quisesse, com total indiferença.

Aquilo se estendeu por quase quarenta e oito horas do mesmo jeito; no primeiro dia não vi Bernard, e, no segundo, mal o vi, muito rapidamente, no começo da tarde. Tinha acabado de emergir de um sono de quase trinta e seis horas, interrompido por breves idas da cama à cozinha, e, achando que continuava sozinho na casa, saí do quarto para ir tomar café arrumando com displicência o saco dentro da cueca desbotada (que homem de ação, realmente). Um sol claro entrava na cozinha, inundando o chão, e me fez cobrir os olhos com a mão para protegê-los instintivamente quando, ao parar no batente da porta, vi Bernard sem camisa na frente da pia, de calça bege e uma toalha branca em volta do pescoço, chinelo nos pés, bochechas cheias de espuma, barbeando-se com cuidado na pia com um espelhinho minúsculo apoiado em uma prateleira em cima da máquina de lavar. Ele me cumprimentou com a voz baixa em japonês, sem se virar, e continuou barbeando meticulosamente a parte em cima do lábio, e, como eu permanecesse no batente da porta sem dizer nada, disse em francês que não viria jantar à noite, que ia sair. O tempo está bonito, você viu, ele disse. Faz tempo?, eu disse. Parou o que estava fazendo. Virou-se para me analisar, longamente, de barbeador na mão, com a toalha em volta do pescoço, o rosto branco de espuma, uma bochecha sim, outra não. Eu estava sentado sobre os degraus da cozinha, de pés descalços, de cueca, deixando os dedos deslizarem pelos pêlos da panturrilha. Desde hoje de manhã, disse, e voltou a se barbear cuidadosamente (não sei se ele tinha percebido que eu não saía de casa havia dois dias).

Na primeira vez em que saí de casa, virava para trás o tempo todo na rua, com medo de não ser capaz de reencontrá-la, tentava registrar marcos visuais, fazia anotações mentais sobre os postes telegráficos, uma casa em reforma, um fragmento de avenida que se afastava ao dobrar a esquina em um cruzamento cercado por uma proteção, o cartaz de uma loja Toshiba. Depois de fechar a porta deslizante da entrada atrás de mim, fiquei um bom tempo observando a casa na rua, que não tinha nada de especial para se distinguir das casas vizinhas, não havia nenhum sinal exterior característico, nem nome, nem número, nem campainha, nem caixa de correspondência. Para meu espírito pouco habituado a esse tipo de nuance, por todo lado via as mesmas fachadas de madeira escura riscadas de tabuinhas verticais, as mesmas portas de correr, as mesmas janelas fechadas por persianas de bambu, os mesmos telhados de telhas azuis. O único detalhe distinto que acabei encontrando foi o carro do vizinho, um pequeno Toyota branco estacionado na frente da fachada da casa dele, as rodas em cima da calçada, mas eu não ignorava, ao me afastar pela rua depois de ter localizado bem o carro em relação à casa de Bernard, que aquilo era um marco efêmero e móvel, precário, impermanente.

Prossegui pelas ruazinhas e peguei o metrô, desci algumas estações mais para frente. Não sabia aonde estava indo, Bernard tinha deixado para mim um mapa da cidade e eu mal o consultei, projetava vagamente voltar aos traços do meu passado tomando o caminho do albergue onde eu tinha ficado com Marie alguns anos antes, mas não pensava duas vezes antes de me enfiar em ruazinhas transversais e acabei me perdendo, voltava para trás, fazia paradas e desvios, perdido em minhas divagações. Com as mãos nos bolsos do sobretudo, subi uma grande avenida na direção do rio sob uma luz de inverno soberba. O ar era puro e gelado, e eu não tinha mais febre, me sentia descansado. Caminhava ao acaso, sem objetivo, me perdia nos engarrafamentos de pedestres no enorme cruzamento de Kawaramachi, passeava nas galerias comerciais, passava pela entrada de lojas de caligrafia e parava um instante na frente das tintas e dos bastonetes sólidos, pretos e com alguma inscrição vertical dourada, observava os pincéis preciosos, feitos de pêlos de sei lá o quê, que custavam o olho da cara. Matava tempo nos mercados, parava aqui e ali na frente de enormes tonéis de salmoura na frente de um armazém e pensava preguiçosamente no desejo de comprar fatias gigantescas de atum, um pouco de *shiso*, legumes marinados no vinagre com cores ácidas, o rosa vivo do gengibre, o amarelo do *daikon*, o violáceo da berinjela.

Não estava indo a nenhum lugar determinado. Às vezes, em um cruzamento, parava para consultar o mapa e seguia meu caminho ao longo do que parecia ser Higashioji, o comprido bulevar cinzento curvado, poluído e barulhento, engarrafado com caminhões e ônibus que andavam devagar, bloqueados no meio do trânsito, um toque de laranja no visor superior ao lado de um número, de um ideograma misterioso e de um destino, Kyoto Station, Ginkakuji. Eu tinha acabado de chegar às margens do antigo canal e ia começar a percorrê-lo, quando reconheci emocionado a silhueta vermelho-alaranjada do santuário Heian, cujo pórtico se erguia ao longe no meio de algumas árvores. Na minha vida, eu nunca tinha visto aquele tom de vermelho, aquela cor indefinível, nem vermelho nem verdadeiramente laranja, aquele vermelho diluído, cremoso, extenuado — o vermelhão do Sol poente de certas noites de verão, quando o astro redondo no horizonte, pálido e lançando seus últimos raios alaranjados, afunda lentamente no mar sobre um céu azul-claro quase leitoso. O albergue onde eu tinha ficado com Marie ficava a dois passos dali, passávamos por ali todos os dias naquela época, todas as manhãs atravessávamos a pontezinha de madeira vermelho-alaranjada que cruzava o canal. Atravessei a ponte sob a luz do dia que já ia indo embora, e senti que me aproximava das sombras do passado; os lugares começaram a parecer familiares, reconheci o museu de arte moderna e um banco onde tiramos uma foto. Havia, em algum lugar de Paris, uma foto de Marie e eu naquele banco, que Bernard tinha tirado, e também uma foto de nós três tirada naquele mesmo dia sobre a pontezinha vermelho-alaranjada por uma moça desconhecida, a quem Bernard tinha entregado a câmera antes de correr para se juntar a nós, e eu nos revi os três bem apertados uns contra os outros naquela foto, Bernard ereto como um "i", eu indeciso, com aquele ar um pouco acanhado e nada natural (aquele sorriso de médico legista que eu faço às vezes nas fotos), e Marie no meio, sorridente e espontânea, com alguma coisa profundamente firme e feliz na expressão, o olhar embaçado por um véu pensativo, Marie encostada em mim, a cabeça ligeiramente inclinada sobre o meu ombro.

A noite caía quando me aproximei do albergue. Havia um parque ao lado da rua e atrás dele dava para distinguir sombras e escutar alguns gritos confusos quando, de repente, os fachos de refletores de estádio muito fortes se acenderam atrás das grades e iluminaram um campo de beisebol ao crepúsculo que, em alguns segundos, foi invadido por uma centena de jovens que se dispersaram em grupos diferentes. Alguns se aqueciam sobre o gramado sintético cujo verde artificial os refletores destacavam, outros já começavam a lançar bolas preguiçosamente uns para os outros apoiando-se sobre uma perna só para rebatê-las com bastões, bonés na cabeça, vestidos com o uniforme branco e azul dos Yankees ou dos Dodgers. Parei para observá-los distraidamente por trás das grades, e retomei meu caminho na penumbra. A iluminação pública ainda não estava acesa e completei os últimos metros sob uma luz crepuscular, dava para ver rastros cor-de-rosa e negros dramáticos no céu que cobria a avenida que passava ao longe. Um caminho de pedras chatas, de placas espaçadas e que serpenteava por um jardim de musgo, conduzindo à entrada do albergue, iluminado por uma única lanterna de pedra. Parei no meio do caminho, em pé sob a sombra das árvores, as mãos nos bolsos do sobretudo. Observava a fachada silenciosa do albergue, espreitava um sinal do passado, um som, um cheiro, um detalhe particular; fiquei lá alguns minutos, os sentidos aguçados, e acabei voltando para trás, eu não tinha nada para fazer ali.

Voltando na direção do canal, passei de novo perto do santuário Heian envolto em escuridão, a cor vermelho-alaranjada do pórtico estava agora como que atenuada pela noite. Demorei-me na esplanada, avancei até as portas do museu de arte moderna. O museu estava fechado. Colei meu rosto no vidro e observei o interior por um momento. Não dava para ver grande coisa nas salas do térreo, uma exposição estava sendo montada, havia andaimes ao longo das cimalhas, algumas lonas no chão, imensas caixas de madeira encostadas nas paredes, e outras, menores, metálicas, meio que espalhadas por todo o chão. Atravessei a rua e me dirigi para a grande construção de pedra, com cara de biblioteca ou de universidade, do museu municipal de belas-artes de Kyoto, mas as portas estavam fechadas, interditadas por grades, e eu não insisti, entrei em uma cabine telefônica e liguei para Marie em Tóquio. Não era a primeira vez que eu tentava falar com ela no hotel, já tinha tentado várias vezes da casa de Bernard, mas ela nunca estava lá, a ligação caía sempre em uma recepcionista do hotel, que me transferia para o quarto dela, onde o telefone tocava interminavelmente no vazio.

* * *

Dessa vez, de novo, depois de um breve diálogo em inglês com a recepcionista, ouvi um toque atrás do outro no vazio, e estava pronto para desistir mais uma vez quando ouvi alguém atender. Nenhum som se seguiu, nenhuma voz, mas eu sentia uma presença ao longe, ouvia uma respiração. Marie, disse em voz baixa. Ela não respondeu imediatamente. Depois, com um murmúrio, acabou dizendo que estava dormindo, mal era uma frase articulada, parecia mais uma reclamação fraca, ainda sonolenta. Da cabine, eu via uma parada de ônibus deserta. Estava escuro, alguns pedestres passavam na calçada em direção ao santuário Heian. Marie, que tinha reconhecido a minha voz, perguntou em tom suave que horas eram. Ergui o braço na penumbra da cabine para olhar as horas, disse que eram vinte para as seis. Vinte para as seis, ela repetiu. Aparentemente era um horário que não lhe dizia nada, e que até mesmo a desconcentrava, que reforçava a leve confusão que devia tomar conta de sua alma, como se ela não conseguisse estabelecer se eram seis horas da tarde ou seis horas da manhã. Depois ela foi se lembrando de tudo pouco a pouco, e explicou que Yamada Kenji viria buscá-la no hotel às sete horas para jantar. Eu estava tirando um cochilo, ela disse, e então reconheci sua voz, seu timbre, sua entonação, o quê de sensualidade e de malícia que eram características suas. Marie, era Marie, ela estava perto de mim, eu ouvia sua respiração. Eu não me mexia dentro da cabine, não dizia nada, escutava-a em silêncio, ela começou a falar comigo em voz baixa. Ela estava bem, dizia, estava muito concentrada, absorta pelo trabalho, os dias tinham sido exaustivos, mas a montagem da exposição estava terminada, ela não sentia muito a minha falta, talvez fosse melhor para o trabalho que eu não estivesse lá. É, acho que estou melhor sozinha neste momento, ela disse. Falava tudo aquilo com uma voz uniforme e suave, ligeiramente sonolenta, e eu percebi que sentia a mesma coisa que ela, afinal, que eu também estava melhor sozinho naquele momento, mais calmo e mais tranqüilo, eu só podia mesmo me inclinar frente à lucidez da avaliação dela, mesmo que preferisse fazer essas constatações por conta própria, porque a crueldade de uma constatação fica sempre mais leve com a satisfação de estabelecer sua pertinência por conta própria.

Em geral, não gosto muito de falar ao telefone, mas naquela noite, curiosamente, eu não queria desligar, queria prolongar a conversa, estendê-la interminavelmente, dar continuidade às voltas e meandros, para não dizer nada em particular, pelo prazer de me deixar embalar pela voz de Marie, e continuamos a trocar algumas palavras em voz baixa no escuro, eu em pé na cabine telefônica levantando de vez em quando os olhos na direção da esplanada deserta que se estendia à frente do museu de arte moderna, e Marie na cama dela, sem dúvida não tinha acendido a luz, talvez nem o abajur de cabeceira no criado-mudo, na escuridão do quarto só devia estar brilhando o fino feixe branco da lampadazinha de emergência de terremoto. Ela estava sozinha na cama, e continuava a falar comigo em voz baixa. Eu tinha fechado os olhos para escutá-la, e ouvi então nas profundezas da combinação de sua voz sonolenta ela me dizer que estava nua. Sabe, estou peladinha na cama, disse de um só fôlego.

Eu não respondi nada, continuei imóvel na cabine, mas bem que imaginava Marie nua embaixo dos lençóis daquele quarto de hotel abafado que devia feder a flores murchas com que a cobriam desde que tinha chegado, com certeza ainda dentro do pacote, colocadas aqui e ali, abandonadas em cima de cadeiras e no chão, e o suntuoso buquê de orquídeas que ela tinha encontrado no quarto quando chegamos e do qual havia imediatamente tirado o cartão de visita para ler o nome de Yamada Kenji (que ela xingou no mesmo instante, dobrando o cartão no meio entre os dedos com um apertão sádico para castigá-lo por não ter ido nos buscar no aeroporto). A água devia estar estagnada no vaso àquela altura, as orquídeas enrugadas e murchas, milhares de grãozinhos púrpura e violeta caídos como uma chuva sobre o carpete, onde formavam uma fina peneira de partículas minúsculas que Marie devia transformar em uma nuvem efêmera de poeira cada vez que remexia nelas com os pés.

Eu continuava calado na cabine, e Marie explicava que o quarto de hotel ou ficava abafado ou gelado, ela já tinha desistido havia muito tempo de tentar entender o que quer que fosse a respeito do fantástico termostato que regulava a temperatura do aposento, então se vestia ou tirava a roupa ao sabor de seus caprichos e de suas desregulações, contando ainda que uma noite acordou tremendo no quarto, o aquecimento desligado e ela não conseguia ligar de novo, que tinha aberto todos os armários para tirar cobertas e colchas que jogou de qualquer jeito em cima da cama, porque estava morrendo de frio no quarto às três horas da manhã, que precisou colocar uma malha, um cachecol e meias antes de voltar para a cama, e que em outros momentos o quarto ficava uma sauna, era obrigada a tirar toda a roupa logo que entrava, abrindo a blusa mesmo antes de colocar as coisas em cima da mesa, tomando uma chuveirada e caminhando de pés descalços sobre o carpete com o penhoar branco atoalhado comprido com o brasão do hotel, o peito ficava logo reluzente de suor, as coxas e as axilas molhadas no ar quente e carregado de umidade, e continuava sendo impossível abrir a janela, ela acabava não suportando o calor e tirava o penhoar também, e ficava pelada no quarto andando de um lado para o outro como uma louca no ar saturado com aquele cheiro de flores quentes e orquídeas mortas. Ela contou ter se aproximado da janela, dando uma tragada no cigarro cuja extremidade incandescente se avermelhava na penumbra e ficou lá sem se mexer, observando os luminosos em neon da cidade, que piscavam à sua frente no meio da noite. Nua na frente da janela envidraçada do décimo sexto andar do hotel, o corpo atravessado por clarões vermelhos e reflexos elétricos dramáticos que zebravam sua pele, releu o fax que eu tinha enviado e sentou-se à mesa para começar uma carta, ficou escrevendo na frente da grande janela envidraçada que dava vista para a cidade, escrevia algumas palavras para mim sobre uma folha branca com cabeçalho do hotel, escrevia uma carta de amor para mim. Eu escrevi uma carta para você, meu amor, ela disse.

Saí da cabine, transtornado, o coração apertado, infinitamente feliz e infeliz. Com ela, em cinco minutos, eu não sabia mais quem eu era, ela fazia minha cabeça girar, ela me pegava pela mão e fazia com que eu desse voltas em torno de mim mesmo a toda velocidade, até que minha visão de mundo se desregulasse, meus instrumentos se confundissem e ficassem inoperantes, todos os meus pontos de referência ficassem desentendidos, eu caminhava pelo ar gelado da noite e não sabia para onde estava indo, olhava a água negra brilhando na superfície do canal e me sentia atacado por impulsos contraditórios, exacerbados, irracionais. Sentei-me sobre um banco no caminho que ladeava as margens, tinha tirado o ácido clorídrico do bolso do sobretudo, observava pensativo o frasco nas minhas mãos. Tentava resistir à violência dos sentimentos que me conduziam a Marie, mas era evidentemente tarde demais, o charme dela tinha entrado em ação de novo, e eu sentia que ia mais uma vez me deixar sugar pela espiral, se não fosse de dilaceramento e de drama, de paixão.

Voltei a Tóquio naquela mesma noite (passei na casa de Bernard para pegar minhas coisas e deixei um bilhete explicativo bem à vista na mesa da cozinha).

O ar estava puro e a noite clara. O táxi corria rumo à estação de trem de Kyoto, sobre uma reta comprida triste sem nenhuma loja, que acompanhava na escuridão as muralhas do palácio imperial. Estava sentado no banco de trás do táxi, minha bolsa ao meu lado, e não pensava em nada. O táxi me deixou em frente à estação na entrada dos Shinkansen, e fui comprar uma passagem para Tóquio. Passando pelos portões de acesso, ergui a cabeça em direção ao quadro de partidas, que mostrava alternadamente informações em japonês e em inglês, os caracteres eletrônicos se sucedendo em uma fusão encadeada para anunciar o número dos trens e o horário de partida, e percebi que haveria um trem em quatro minutos na plataforma número três. Apressei o passo pelo saguão, corri nas escadas rolantes e cheguei à plataforma praticamente ao mesmo tempo em que o trem entrava na estação, vindo de

Hakata. O trem estava lotado, eu caminhava ao longo dos vagões e não avistava nenhum lugar vazio no interior, espreitando através das janelinhas minúsculas cortadas na fuselagem branca e curvada do Shinkansen. Continuei a avançar pela plataforma em direção à parte da frente da composição, e, vendo que a plataforma começava a esvaziar, senti que a partida era iminente e pulei apressado para dentro de um vagão. O trem partiu, deixando a estação lentamente — e, ainda em pé na porta, abaixado na janela, observei as colinas de Kyoto desaparecendo atrás de mim no meio da noite.

Só encontrei lugar para sentar em um vagão de fumantes, e, depois de alguns minutos, tive um mal-estar, transpirava sobre o assento, tinha dor no coração, sentia o estômago embrulhado e estava enjoado. Levantei e fui até o toalete, que fechei à chave, e, imediatamente, antes mesmo de me debruçar sobre a privada, senti meu peito se erguer e ser atacado por uma forte sensação de ânsia. Achei que ia vomitar, mas não saiu nada da minha garganta, a não ser um filete de saliva, que segurei com a língua. A testa embebida em suor, os membros sem força, agachei-me com dificuldade no chão, enroscado no tecido do meu sobretudo comprido preto-acinzentado, e fiquei lá, prestes a desmaiar, os olhos fixos no nada, chorando involuntariamente, lágrimas se formando no canto das pálpebras. Tentei vomitar, mas não saía nada, e acabei enfiando um dedo no fundo da garganta para forçar. Então, lentamente, a duras penas, com dificuldade, vomitei algumas gotas de bile. Foi extremamente doloroso, e eu achava que ia morrer, sentia a proximidade física e concreta da morte no contato com o metal frio, no entorno da privada, sentia minhas forças se esvaindo, mas, se o meu corpo cedia e estava pronto para despencar no chão ao lado da privada, a alma desafiava minha decadência, e, como uma orquestra que continua a tocar imperturbável durante um naufrágio, comecei a cantarolar mentalmente, bem devagarzinho, de maneira lenta e irregular, repetitiva e absurda, uma antiga canção dos Beatles cuja melodia eu desenrolava em um murmúrio mental dilacerante e comovente: *All you need is love — love — love is all you need*. E, sem poder avançar mais na canção, meu peito se ergueu em mais um espasmo e algumas gotas de vômito muito amargo correram pela privada. Mas, longe de desistir, ajoelhado no toalete, em um triunfo mental, continuei a cantar obstinadamente, meus lábios entreabertos, enfraquecidos e pastosos, eu murmurava com uma voz lamentosa e vitoriosa sobre a privada *All you need is love — love — love is all you need* naquele trem estranhamente silencioso que corria a trezentos quilômetros por hora em direção a Tóquio.

Cheguei a Tóquio de noite, um pouco antes das dez e meia. O Shinkansen diminuiu de velocidade quando se aproximou da estação, e os bairros de Shimbashi e de Ginza apareceram lentamente nas janelas, iluminados por milhares de luzes de hotéis e de placas de publicidade que piscavam no meio da noite. Ao descer do trem, saí imediatamente em busca de um telefone. Achei um aparelho público na plataforma, e liguei para Marie no hotel. Escutava mal no meio do tumulto da estação, pessoas passavam perto de mim, chamados ressoavam nos alto-falantes da plataforma. Fechei os olhos para me concentrar melhor e escutar a voz de Marie quando ela atendesse, mas os toques fracos que eu ouvia ao longe se sucediam em vão no receptor, Marie não estava no hotel. Coloquei no gancho, pensativo, desci a escada e saí da estação. Caminhei um pouco ao acaso pelas ruas de Tóquio, acabei chamando um táxi. Ele parou alguns metros à frente na beira da calçada, vi a porta se abrir automaticamente para mim. Não me apressei e entrei no carro, acomodei-me no banco traseiro. Shinagawa, disse, Contemporary Art Space de Shinagawa.

O táxi tinha me deixado no estacionamento do hotel perto do museu, não dava para avançar mais de carro. A noite estava clara, havia um crescente estreito de lua no céu, e eu segui a trilha arborizada que descia para o lago, rumo à entrada principal do museu. Toquei a campainha na porta. Estava tudo escuro, não havia luz no caminho, nem sinalização no portão; na escuridão só se destacavam os dois pontos vermelhos das câmeras de vigilância, dava para ver seu perfil de sombra em cima de um braço articulado. Ouvi um chiado no interfone, depois uma voz japonesa, um pouco confusa que parecia fazer uma pergunta. Não respondi e simplesmente avancei na penumbra para colocar meu rosto a vista no campo de uma das câmeras. Depois de alguns minutos, lentamente, o portão se entreabriu e um rapaz apareceu, segurando a maçaneta. Não permiti que ele tivesse tempo de me interrogar, de hesitar ou de tergiversar, atravessei o portão, forcei a passagem e entrei no recinto do museu. Minha envergadura era impressionante com meu sobretudo comprido preto-acinzentado, minha atitude era firme e caminhei com passo decidido através do gramado em direção ao prédio, ouvi o rapaz fechar o portão rapidamente e me seguir pelo caminho explicando que o museu estava fechado (*it is closed, it is closed,* ele repetia com a voz alterada).

Fui direto para a sala de controle, onde tinha visto Marie pela última vez havia alguns dias. As telas estavam uniformemente pretas então, com o mesmo ar hipnótico de monocromos tremelicantes, que, pouco a pouco, à medida que os observava, deixavam aparecer detalhes, formas e contornos nas salas de exposição do museu. Lá onde, da última vez, não havia nada além do vazio das paredes brancas e de espaços de exposição desertos, dava para perceber agora os contornos da exposição de Marie, viam-se fotografias sobre as paredes, perfis de obras nas salas. Fiquei em pé na frente das telas tentando distinguir as peças expostas e reconhecê-las, quando, de repente, meu olhar foi atraído por uma forma que se deslocava em uma das telas da fileira superior, forma que atravessava o campo enevoado e nevado do monitor e vinha na minha direção a passos largos. A forma se livrou quase que imediatamente de sua virtualidade eletrônica e apareceu na realidade da carne na porta da sala de controle, era o rapaz que tinha aberto o portão do museu para mim. Ele ficou me observando por um instante à distância, sem se mexer, com um ar ao mesmo tempo tímido, maldoso e cheio de suspeita, e eu sentia que alguma coisa ia acontecer, sentia que sua calma era apenas aparente, que ele iria entrar na sala para me esbofetear e me forçar a deixar as premissas do meu pensamento, e, no momento em que o vi se mexer, em que o vi dando o primeiro passo, tirei bruscamente o frasco de ácido clorídrico do bolso do sobretudo, e o segurei na frente dele para afastá-lo. Eu estava calmo, meu olhar fixo e duro. Ele parou, parecia que não estava compreendendo muito bem que eu o odiava nem o que eu tinha na mão. Desatarraxei a tampa do frasco com dedos trêmulos, e, imediatamente, em um assalto de fumaça e de vapores deletérios que saíam da garrafinha, meus olhos começaram a arder e minhas mucosas, a pinicar. Eu segurava o frasco na mão, longe de mim, de seu cheiro acre e de seus vapores corrosivos, e o sujeito ficou muito pálido, começou a tossir, a garganta e a língua irritadas pelo ácido, e recuou a passos curtos sem deixar de me encarar, os braços erguidos como um escudo na frente do corpo, então sorrindo para mim, estranhamente, como que para me dizer que tudo estava bem, que eu podia me acalmar, que era ele que ia embora.

Saí da sala de controle e entrei nas salas de exposição, com o frasco na mão. Eu avançava no escuro do museu, os olhos alucinados, passeava pela exposição de Marie, o frasco de ácido clorídrico aberto na mão que eu estendia à frente como uma vela, o mais afastado possível da boca e do nariz para não queimar minhas vias respiratórias, avançava lentamente pelas trevas das salas entre as obras de Marie penduradas nas cimalhas, passeando a incandescência da minha vela na frente de sua superfície silenciosa como que para iluminá-las e para clarear os sentidos, fotos em formato gigantesco, quatro metros por seis, que representavam rostos em planos muito grandes, às vezes o rosto de Marie, detalhes ampliados do rosto de Marie. Passava entre os manequins enrolados em neons apagados e fios elétricos que tinham formatos humanos no escuro, via sombras e perfis imóveis em atitudes de desafio, em pé sobre apoios de metal, às vezes um braço erguido, como estátuas petrificadas. Meus olhos brilhavam em um tom vivo prateado, e eu os apertava para desvendar a escuridão, passava de sala de exposição em sala de exposição, minha pobre vela impotente na mão, e sentia a alma de Marie me acompanhando no museu, sentia que estava perto de mim, sentia sua presença. Foi então que ouvi passos na sala ao lado. Eu não enxergava nada, minha pobre vela não iluminava absolutamente nada, eu estava bem no fundo do museu, e apenas um raio de luar muito fraco entrava pelo teto lançando uma luz esbranquiçada no chão da sala ao lado. Fiquei com medo. Ouvi os passos se aproximarem. Marie, eu disse.

Marie estava lá. Não foi exatamente como uma alucinação, porque a cena se passou fora de qualquer representação visual, e sim em um registro puramente mental, em um clarão fugidio de consciência, como se eu apreendesse a cena de uma só vez, sem desenvolver nenhum de seus componentes potenciais, o fulgor do braço e da forma fugidia e caída no chão, os cheiros horríveis de vapores e de carnes queimadas, os gritos e o barulho da fuga desnorteada sobre o assoalho do museu, cena que permaneceu de certo modo prisioneira do clima de indecisão das infinitas possibilidades da arte e da vida, mas que, por uma simples eventualidade — ainda que fosse a pior — podia vir a ser a realidade em um piscar de olhos. Marie, eu disse em voz baixa, Marie. Eu tremia lentamente. Tinha medo. Dei um passo para frente. Não havia ninguém. Quis fechar o frasco de ácido clorídrico, mas não achei a tampa, meus dedos continuavam a tremer, e dei meia-volta, retornava na direção da luz. Tinham acendido a luz no *hall* de entrada do museu, uma luz branca e direta de teto. Vi passar a silhueta do rapaz que foi se esconder atrás de uma parede, onde ficou imóvel, a me espreitar. Passei ao lado dele sem olhar, e saí do museu, me afastei a passos largos no meio da noite. Segui correndo o caminho que descia em direção ao lago no ar gelado da noite que pinicava minhas bochechas. Ao longe, através dos desvios da vereda, distingui a superfície levemente encrespada do ponto d'água imóvel levemente iluminado pela lua. Continuava com o frasco de ácido clorídrico na mão, e não sabia para onde ir. Olhava à minha volta, procurava um lugar para me refugiar. Abandonei o caminho e dei alguns passos no bosque traspassado pelo luar, abaixando a cabeça para evitar os galhos, passando com cuidado entre as raízes grossas e cinzentas das árvores para não tropeçar. Voltei mais uma vez até a entrada do museu, cujo portão tinha ficado aberto, e vi o rapaz sair acompanhado de duas pessoas uniformizadas. Parei encostado em uma árvore e prendi a respiração. Não me mexi mais. Perto de mim havia, na sombra, frágil, minúscula, uma florzinha bem pequenininha isolada no chão. Eu a observei, o luar a iluminava suavemente e fazia reluzir suas pétalas brancas e malvas com reflexos pálidos e delicados. Eu não sabia que tipo de flor era aquela, uma flor selvagem, uma violeta, um amor-perfeito, e, sem dar mais nem um passo, aborrecido, acabado, cansado, para terminar, esvaziei o frasco de ácido clorídrico em cima da flor, que se contraiu de uma vez só, se retraiu, se retorceu em uma nuvem de fumaça e um cheiro terrível. Não sobrou nada, além de uma cratera fumegante à fraca luz do luar, e a sensação do que fora a origem daquele desastre infinitesimal.

Este livro, composto na fonte Fairfield
e paginado por Alves e Miranda Editorial,
foi impresso em Pólen Bold 90g na Imprensa da Fé.
São Paulo, Brasil, no verão de 2005